菊子

Kiku

客家庄的醫生娘

張明志——著

【推薦序二】

回顧農村生活和醫生娘一生的際遇

呂天泰／台電公司輸工處工程技術組長

《菊子：客家庄的醫師娘》是描述屏東醫生娘的故事，第一章醫生娘的晚景中，古老的庭院，枝葉扶疏，花香瀰漫，景物依舊，人事已非，在這裡，醫生娘有太多的回憶。兩個兒子給母親講解佛法，猶如數十多年前母親給兒子講童話故事一般，藉著回憶，將全篇文章從時間、地點、背景、人物徐徐展開，彷彿走進時光隧道，帶領讀者回顧從前的農村生活和醫生娘一生的際遇。

醫生娘的一生是幸福的，多采多姿的，出生在優渥家庭，無憂無慮的童年，受到良好的教育，留學日本。清純的少女有著對愛情的憧憬和執著，嫁給英挺有理想，學醫的夫婿，成家後相夫教子，有著三個可愛的子女，持家有方，並且協助夫婿，幫忙照顧病患，有醫無類，體恤貧弱，在鄰里成爲人人稱羨並且景仰的醫生娘。

人生的禍福總是難料的，看似平順幸福的日子，往往因一場意外而整個改變，醫生娘在夫婿遭遇嚴重車禍往生後，生活驟失重心，幸而慢慢調適，並因著三個孝順子女的照顧，逐漸走出傷痛，在晚年，隨著兩個兒子的因緣，得以接近佛法，生活由絢爛回歸平靜，繁華三千，看淡即是雲煙，煩惱無數，想開就是晴天，醫生娘是有福報的。

張明志醫師學有專精，溫文爾雅，秉承父親的醫德和教誨，知足常樂，無欲則剛，在數十年的行醫中，視病如親，曾醫治無數病人，治病之餘，亦多次出書，敘述檢討醫病的關係，希望能幫助受苦的病者，照亮回家的正確道路，今因思念母親，回憶起往事的種種情景，遂成此書，表達對母親的懷念和感恩。

以前農村時代的建設雖然簡陋，物質缺乏，交通不便，但人心純樸，生活悠然，現代人的步調是緊張而匆忙的，浮光掠影追求表相，較少有省思沉澱的機會，本書藉由一個家族的發展和經歷的時代變遷，生命由絢爛歸於平淡，浮生若夢，在這紛紛擾擾的紅塵，熙來攘往的追逐中，或許內心的清淨自在，才能讓人洞明世事的變幻，了悟自性的追尋，日子也才安然，田園將蕪，胡不歸！期待本書可以讓讀者有個新的面向和領悟。

【推薦序二】

不平凡俠醫背後，一個甘於平凡的客家母親

李毓中／清華大學歷史研究所副教授
中央研究院社科所海洋史研究員

二〇〇七年十月我確診罹患慢性骨髓性白血病，也就是俗稱血癌的一種。由於診斷出白血球指數異常時，數量已飆升至三十四萬，因此即使初期自費購買當時最常用的標靶藥物基立克，也只是暫時將白血球控制在一定數量，沒有獲得眞正的控制。後經兩位貴人的相助，介紹至馬偕醫院張明志醫生處就診，也開始了我與這位俠醫至今十五年的情誼。

張醫生觀察我的病情進展一段時間後，便提出了換新一代標靶藥物泰息安的建議，透過他的協助，當天我便開始服用新的藥物。而後我的病情便逐漸獲得很好的控制，若不是他的俠義救命，今日的我早已是一具枯骨。

由於病情需要每個月回診一次領藥（只有疫情時偶爾兩月才回診），因此我們逐漸成了每個月碰面的朋友，當我了解張醫生越多，越發覺得這位古意且幽默的醫生，真是不簡單；除了病人口耳相傳的仁心仁術外，他還擁有驚人的寫作能力，擅長高爾夫球、桌球等運動，而後更在交談中為他的博學如哲學、神學、佛學及「玄學」等知識佩服不已。因此，每月的就診，不只是醫治我身體上的疾病，也讓我在精神上獲得不少知識與啟發，更讓我們成了無話不說的好朋友。

在拜讀《菊子：客家庄的醫生娘》這本書的初稿前，我已經從張醫生的談吐中，感覺到他有別於其他醫生的浪漫氣質，不像電視劇中常出現的那種帶著家人所有希望，努力向上念醫學院達到階級流動的刻板醫生形象；原來他是來自一個醫生世家，而其有別於較多醫生的浪漫氣質與博學，應是來自於母親的基因及影響（其實也比較像我在歷史文獻中，所見到的日治時代醫學養成教育的醫生）。

由於這些年來我從海洋史研究領域「上岸」，開始學習母親的語言——客語，慢慢接觸較多的客家歷史材料，因此當我看到張醫生這本小說時，我與鍾明德老師對這本小說的感受是一樣的，這部小說內容之精彩、豐富以及人世間悲歡離合的描述，不正是百年來一個屏東客庄家族的歷史嗎？如鍾老師所言般，其內容呈現的大時代「故事性」與「戲劇性」，絲毫不亞於現今人們耳熟能詳的《傀儡花》（劇集「斯卡羅」的原著小說）、《茶金》這些優秀歷史小說。

以下，就容我粗淺的爲讀者勾勒出一些，我認爲這本小說中所呈現出的百年屏東客家的歷史脈絡：

首先，是百年來屏東客家地區的歷史剪影。百年敘事的背景在當時仍隸屬於高雄州潮州郡的內埔庄，也就是今日屏東縣內埔鄉豐田村的鄭老闆一家，以及原高雄州潮州郡新埤庄，現屏東縣新埤庄建功村張校長家。兩個客家家族的因緣在烽火連天的歲月中，因故事兩位主人翁菊子與其未來夫君五郎的相識而開始。

菊子所在的內埔，屬客家先民早期開拓高屏溪以東地區時所組的民間自衛組織「六堆」中的中堆，位於屏東平原之上，該地區客家移民的歷史，可追溯到清代康熙年間；五郎的家鄉新埤，則屬六堆中的左堆，靠林邊溪出海口不遠處的河川濕地，其先祖落地生根的歷史，更可追溯至明清交替之際解甲拓墾的部伍。而在歷經兩個世紀先人們胼手胝足的努力後，前者的一家之長成爲在地擁有良田百甲的富庶零售商，後者則是小康書香門第的知識分子，擔任受人景仰的國小校長職務，因此讓菊子及五郎兩人能在日治時期受到良好的教育，甚至到日本留學；而在東京學醫的菊子長兄，便是牽起兩人姻緣的那條紅線。

從菊子與二姊桂子陰錯陽差幸運避過美軍潛艦偷襲航行於日、台之間民用船隻的高千穗丸船難事件，五郎叔叔在國府來台後發生的二二八事件被捕槍決，菊子家的田產在三七五減租中因沒有人脈疏通而遭到不當徵收，到因菊子兄長一家遷往日本使得五郎接手其豐田醫院，幾經輾轉五郎一家回到家鄉新埤成立建功醫院兼任新埤鄉衛生所所長暨主任醫生造福鄉親，相夫教子的醫生娘菊子還身兼醫療行政與護理助手工作，五郎後擔任屏東縣衛生局局長競競業業為提升縣內醫療衛生環境而鞠躬盡瘁，退休後遭逢車禍意外而讓五郎與菊子及家人天人永隔、菊子晚年及家人的生活等等。通過張醫生妙筆生花、鉅細靡遺的文字功力，彷若讓讀者回到菊子與五郎所處的時代，一同感受那個大時代的悲歡離合。

透過閱讀菊子的一生經歷，我們見到了屏東客家兩個家族的興起，有靠著商業頭腦經商致富或靠著讀書成為知識分子的發跡過程，也有他們面對大時代變遷的無奈；有傳統客家婆婆與受過良好新式教育的媳婦之間的矛盾與維繫之道，還有一個偏鄉醫生娘有品味的異國情趣生活；有戰後潮州鎮的熙熙攘攘、燈紅酒綠，也有新埤的鄉土民情；有客家菁英分子經二二八事件的殞落，亦有其家族遭牽連而受到的不公待遇。菊子的一生及其家族的故事，有如大時代的縮影，娓娓道來屏東客家的百年歷史。

其次，這本小說對於戰後的屏東地區醫療環境，有相當詳盡的描述。五郎醫生自名古屋返台後，在台大醫學院完成其醫生的養成教育後返回家鄉服務，爲當時醫療資源極缺乏的六堆一帶貢獻所學。透過張醫生的小說可以見到當時醫療環境的幾個特點：一、由於交通不便，往往是醫生配合病人前往其住所替其診治，因此在早期五郎醫生常常要騎車載著裝有各式各樣急救藥物的黑色大皮包前往重病患者的家中爲其就診；二、由於鄉下醫生不足，因此密醫及國術館民俗醫療便成爲一般人的唯一選擇，五郎醫生雖正統科班醫學院出身，但他同樣了解六堆民眾的需求，因此即使擔任衛生局局長期間，也盡量以督導管理代替取締，體現其仁心仁術，體恤民情的人格特色。除此之外，當時較常發生的疾病、醫療用藥、醫療方式等相當細節的醫療資訊，也只有透過熟知醫療知識的張醫生，才能夠爲我們將六堆人過往身處的醫療環境，細說分明，爲台灣醫療史再拼上一片拼圖。

最後，我想，這本小說對於張醫生而言，除了記載其家族百年來的過往外，更重要的是將其對母親的情感，化成一筆一畫的文字，透過小說紙張上數以千萬計的鉛印字，表達他刻在內心中對母親的思念之情。
菊子女士，有子如此，此生無憾。

【推薦序三】

這是人類唯一的出路

鍾明德／國立臺北藝術大學名譽教授

I

當戰爭成爲未來三年、五年或十年的一個選項，我們的日常生活也跟著改變了。

我自己的第一個改變發生於《菊子：客家庄的醫師娘》的閱讀：菊子和她的醫師夫婿五郎都誕生在第一次世界大戰之後不久，在二次大戰中各自先後遠赴日本進修，在戰後的台灣隨著國民黨的統治和冷戰世界，於前所未有的和平歲月中緩緩地活出燦爛幸福的台灣生命。因爲日本的太平洋戰事日漸吃緊，在東京短期家事學院進修的菊子和二姊決定提早結束學業返台。她們在一九四三年三月十四日前往神戶準備搭乘高千穗丸，沒想到誤了船班，就這麼個延誤，她們跟死神擦身而過：一九四三年三月十九日高千穗丸在基隆外海被美軍潛水艇發射三枚魚雷擊沉了，罹難者共八百四十四名，倖存者僅二百四十五名。

這樣的悲劇似乎是戰時的日常，讀起來好像那時候的台灣男女都如此義無反顧地前仆後繼，兵來將擋，毫無懸念。然而，隨著大國博弈進入僵局，讀著《菊子》：這樣的無常不要多久也就是我們的日常了？人眞的無能改變呼嘯奔馳而來的歷史列車嗎？

II

《菊子：客家庄的醫師娘》是馬偕醫院著名血液腫瘤科醫師張明志的著作，從第一本《越過邊境：生死難不倒你》（1998），到最近的《隨時放得下的功課：心靈病房的18堂終極學分》（2020）、《死亡癱瘓一切的知識：臨終前的靈性照護》（2021）和《許自己一個尊嚴的安寧》（2022），對生離死別的深切關懷，著述反思之勤，在在令人印象深刻。

張醫師是寫作快手。大約五個月前，有一次我去他的門診拿藥吃，他興高采烈地說正在寫一本關於醫師娘母親的書。我一聽之下本能反應說想要看，因爲我也是屏東鄉下的客家人，心中隱隱約約有個美麗善良而聞聲救苦的醫師娘影像。過了三個月不到，有一天他就Line了《菊子》全書稿給我。又過了一個月，他說時報出版社要幫忙出，問我可否寫篇序。我也義無反顧地答應了：因爲《菊子》讀來讓我十分感動，只花了三個夜晚就全部看完了，留下了許多難以磨滅的南國印象。我那時第一個反應是想推薦給台灣鄉土劇的製作單位：《斯卡羅》、《茶金》之後，該《菊子》登場了。

張醫師常常叫我同學，因爲我們曾經一起在台南一中求學。我知道他是新埤鄉人，家裡開建功醫院。這次讀完《菊子》，才發現他出生在醫師娘的故鄉內埔豐田村，離我出生地萬巒成德村只有五公里之遙。他幼稚園時搬到潮州鎮，小學時才落腳新埤鄉。他初中念的縣立潮中跟我所念的省立潮中相距不到一公里。所有這些地緣關係，以及我們後來都到台北求學就業，故鄉成了他鄉，使得他靜心反芻的慈母情結、童年往事、客家鄉土、天眞年代，無疑地也成了我自己潛意識的顯影。《菊子》爲戰後嬰兒潮的世界移動補充了最欠缺的南國和客家這兩塊拼圖。

III

醫師娘幾乎是台灣民間善女子的象徵，集家世、教養、美貌、品德和善行於一身。在台灣一九六〇年代前後，也就是菊子成爲醫師娘的時代，在台灣農業社會的無醫村中，我自己眼中的醫師娘跡近於內埔媽祖廟供奉的主神。然而，張醫師筆下的醫師娘並不是呼風喚雨、理事無礙的神仙，她一樣有搬家開業、婆媳紛爭、晚年守寡和生死徒勞等問題。《菊子》會讓人感動，因爲這位醫師娘如實地活在南台灣的客家庄中，既不誇飾，也無自矜，風雨無阻地在新埤鄉的建功醫院打造出一片自己的夢土。

爲了寫這篇短序，我特別請求張醫師做個專訪。開門見山，我請他把建功醫院和附屬花園的配置圖、示意圖畫了出來。只見他奮筆疾書，口中念念有詞，沒幾分鐘就已沉浸在《菊子》的主舞台中：葡萄、釋迦、石磨、含笑、桂花、玫瑰、石燈、魚池、絲瓜、香蕉園、蘭園等等，歷歷在目，彷彿在時間中結晶了，星光閃閃。

我會大力推薦《菊子》的另一個主要原因是：這本書的寫作十分獨特，既不像作者本人之前在安寧病房的寂靜中千古無痕的孤苦反思，也不像時下流行作家的快狠準奇，裝模作樣。作者只是就著思念中的母親，一筆一筆地將他覺得印象鮮明、不容造化糊塗的大事、小事、瑣事記述下來。整本書的鄉土文學佳句甚多，譬如這一段樸實而感人的文字應是我的屏東同鄉同學才寫得出來：

……修剪花木時，五郎君也會過來幫忙，尤其是前院的九重葛。若是下雨天，她會撿石牆邊蝸牛，晚餐就有炒蝸牛。她說法國人吃蝸牛，所以處理過的蝸牛沒有廣東住血線蟲。她很會料理蝸牛，又香又Q的炒蝸牛需要用明礬處理黏液。雨後的蝸牛若不撿拾，會把她種的花吃掉。醫生娘認為看到蝸牛是要處理的，不然很會繁殖。

IV

世事難料，就在一切熙熙攘攘、如享太牢之際，五郎開車被撞重傷過世，享年六十二歲，菊子也傷得不輕，但總算逃過一劫。經此晴天霹靂，醫師娘的小天地當然不復昔日無憂無慮的地上樂園。她接下來還活了十七年，直到有一天在看護的照顧下溘然辭世，算是老天寵幸。然而，漫長的孤寡歲月，日漸衰敗的肉身，家事國事的無奈，人事世事的傾軋，沒有任何一項是任何人說了算數的。醫師娘一個人被遺落在寥落星辰的花園廢墟中？

這眞的很難讓人相信，卻又饒有淑世意味——張氏弟兄爲母說《金剛經》。爲了慰解母親一個人在鄉下老去的愁苦，張醫師和他的物理教授長兄開始為母親講授佛法。母子們在兒時家園的一唱一答構成了醫師娘晚年最令人心安的畫面：一切有為法，如夢幻泡影，包括死亡。見諸相非相，即見如來。

在台海風雲色變之際，無常不要多久就進占我們的日常了？人真的無能改變呼嘯奔馳而來的戰爭列車嗎？願客家庄的醫師娘跟五郎在天上的花園裡跟我們一起誦著：

一切有為法，
如夢幻泡影，
如露亦如電，
應作如是觀。

我的醫師同學如此暗示：這是人類唯一的出路。

【自序】

客家庄的醫生娘，不許她被遺忘

閱讀一本書如同欣賞一幅畫，不同的人生經驗，會有不同的人生感受。寫一本有關母親的人生，記載二十世紀烽火戰亂下，台灣南部客家人刻苦耐勞，樂天知命的傳統美德。對比現在高度工業化社會，個人色彩掩蓋了溫良恭儉讓的樸實；先人留下來的文化遺產，我們看著它走入歷史，內心是無限的噓唏與感傷。人心不古，是諷刺或是警訊？因爲順應功利思想與資本主義的脈動，世人是否離大道越來越遠？

大家族的凝聚力只有短暫出現在婚喪慶典裡，才能尋得到親友的溫暖和關懷。相對地浸淫於小家庭無拘束的自由，欠缺家族的互助，在人生低潮、病痛、衰老時更突顯炎涼世態，脆弱與無助。二十世紀的婦女，介於兩股互斥的洪流中，她們的失落也最大，非常令人憐惜與不捨。大家庭的結構日益式微，少了親族間的溫暖和關懷，個人主義的小家庭將面臨潤滑不足的摩擦，勢必帶來更難的人生挑戰。

科技至上的物質生活，是無根靈魂的寄居所，人們只好把空虛的心靈，寄託於世俗化的宗教，卻是愈陷愈徬徨。尤其到了臨終時刻，他們又如何能得到救贖？

醫生娘在此大時代中經歷絕望與重生，很堅強地走出死蔭般的幽谷，綻放美麗、清香的空谷幽蘭。她在臨終前，努力學習正信的宗教，以出世的心，逆來順受，體現有物有則的順服，來面對命、運、機、緣等無常的考驗。讓我們一起來分享醫生娘智慧的探索，尋找人類生命的出路。人生是什麼？醫生娘給了她的體悟，值得我們學習。

我何其幸運有一位不平凡的母親，菊子，她無怨無悔地撐起家族的重心，並開枝散葉。雖然我不是她最聽話的孩子，然而很欣慰能利用所學，陪她走過後段人生。也藉此機緣，分享我們對《金剛經》的領悟，讓我們對人生有新詮釋。客家庄的醫生娘，我們不許她被遺忘。

目次

第一章

最後的回憶

在晚春的院子裡，玫瑰花、大麗花、太陽花、向日葵盛開，蘭花盆外，一顆栽種四十多年的桂花樹，飄散永遠不會忘記的淡淡清香，但有時被含笑花搶走風采。她看著幾十年栽種的花圃，那些花樹多麼幸運，自己也很滿意，畢竟一輩子青春的陪伴留下很多美好的回憶。一向怕熱，常流汗的醫生娘，反而覺得陰涼了許多，年歲老了，皮膚感覺沒那麼敏銳了，賞花、喝茶是她生活的重心。田園生活讓她自在，習慣這種養老的方式，但是力不從心，很多事都無法隨心隨意了。

手上拿著兒子交代要看的《金剛經》，想想半年前她都不曾看過佛經，也不了解佛理，到現在也是不太懂，但內心已經接受，四大皆空，放下無明煩惱，不怨天，只求能平順過身，日子是不多了，只想多一點時間跟兒女相處，陪伴是很重要的心靈支柱。說是讀經，其實更期待兒子們回來陪伴，看他們很鄭重其事地解釋佛法，希望她能夠在生命結束前無罣礙的走好。臉上露出安詳滿足的笑容面容，有兩個兒子，一個大女兒，雖然老伴十六年前車禍過世，她總算挺過來，也有七位孫子，其實也沒太多遺憾。

想想四十多年前小兒子拿著《格林童話》求媽媽說故事給他聽，糖果屋的巫婆，金鵝的故事，天方夜譚一千零一夜的故事。現在變成他們說故事給媽媽聽。《法句經》、《譬喻品》、《法華經》、《六祖壇經》，到現在這本不好懂的《金剛經》。人生啊，聽故事比較好懂。

「嗯！人老了，就如同小孩子，有人還包尿布。」她自忖著，自己還不錯，沒什麼失能，只是肺部的問題，快要她的命，不然七十五歲仍是勇伯仔，朋友都那麼稱呼她。

「媽！弟弟他們明天會回家看你，可能會住兩個晚上我去整理一下房間。」

百合用有點興奮的語調說著，不同於平常的高雅形象。

「眞的啊！兩個人約好，一起回來嗎？」

躺在搖搖椅上的醫生娘放下《金剛經》，到客廳走去問個清楚，整個人元氣回來一半，腳步輕了許多。想著孩子們的種種，頓時勾起她一生的回憶，許多往事包括家族軼事，她樂於說給孩子們聽，她的chibi（日語：小不點，么兒）也記錄下她令人懷念的故事。

✽

百合夫妻倆在父親過世後五、六年從屏東市的婦產科診所，搬回鄉下來，過半退休的日子，就是接下父親原來的診所，改做家醫科服務鄉親，這裡是客家人為多數的村莊。在明末清初時代鄭成功的殘部從海口的瀾瀾溪，溯溪而上找到的埤頭水源，從台灣光復以來當時全鄉人口五、六千人，沒有一位合格的西醫，是標準的無醫村。五郎是台灣帝國大學的醫學生，光復後到屏東衛生院服務，在瘧疾研究所待過，也在城鎮中開業過。最後選擇服務鄉親。他是庄子裡唯一醫院的全科醫師，後來生產是產婆爲主，其他內、外、婦、小、眼、耳鼻喉、皮膚都要看，還兼急診，半夜到宅往診等，服務方圓五、六公里遠的範圍。而靈魂人物醫生娘（先生娘）是鄉中模範母親的典範，相夫教子，有醫無類，包括救助窮苦和出不起醫藥費者。

當時台灣的護士養成是短期的，尚未有正式的護理學院。同時許多的外科助手也是在床邊跟著醫生學習如何消毒，正確使用外科器械的無菌觀念。當時連注射針筒是玻璃製的，針頭是不鏽鋼，可重複使用；拋棄式塑膠針筒是民國六十年以後才有的，就連咳嗽藥水瓶也是有色的玻璃，一支一毛錢，可退回換錢，清洗煮沸後再重複使用。菊子（kiku）醫生娘也是結婚後跟隨先生習醫，兼藥劑生、護士及外科助手。時間久了，經驗熟練，鄉親很多偏好找醫生娘看，美貌又親切。

坐在客廳，醫生娘不知不覺又想起，五郎從前還在世的情景，彷彿昨天重現在眼前一樣，歷歷在目，人物又鮮活了起來，像博物館驚魂記般。

當時小診所也稱爲醫院，大醫院在日治時代多稱爲病院，候診室內有兩排長靠背木椅，可以坐十來位病人，很多診所都是同樣的椅子，外面的長廊有一個候診椅，門口停了很多腳踏車，六十年代（民國五十多年）才開始有五十ＣＣ的摩托車，重症體弱的用三輪推車推過來。

病人種類很多，有外傷的、有灑農藥的、有機磷中毒的。

「曾先生，你又不是第一次，怎麼不穿雨衣，交代過幾次要戴口罩灑農藥。」

「醫生啊，天氣很熱，受不了啊。」

「好啦，沒關係，下次記得要小心，這是會要人命的。」醫生娘拉了醫生的衣角。

另外又有高血壓、氣喘的病人進來，都希望能先看，鄉下人很善良，感冒、肚子痛、輕症的都會先讓給急診者，半晌，一群人推開沙門，送來一位被鐮刀割傷的農人，血流不止，需要先處理。

「五郎君，這個我來處理吧！」病人望了望醫生娘，或許希望醫生娘來縫。

「噢，戴先生，你運氣好耶，醫生娘願意幫你縫，她的外科做得很好，縫得也很漂亮喔！」

大家你一言我一語，就把病人抬上小手術臺。醫生娘眞是一個外科的料，二十來分鐘就把小外科做好了，還不忘給病人打破傷風針，鐮刀是會生鏽的，田野裡也容易有不潔的破傷風菌。醫生娘的哥哥也是日本醫專畢業的產婦人科醫生，在豐田醫院訓練過她，加上五郎君的調教，成人都偏好給漂亮的醫生娘做小外科，可能是男人的手藝比較不那麼細緻。醫生娘比較求完美。

「醫生娘好細心喔！」

「是啊，你好福氣，傷口會好得快。」其它村民打趣的說。

「不要留下死腔。」五郎還是不忘提醒。死腔是傷口內，縫合後留下沒密合的空間。所以比較深的傷口須一層一層密密縫合，防止死腔的發生。

一層一層縫合，不留死腔的基本外科技術是非常重要的，否則死腔內容易滋生細菌感染。在日治時代以前，基本上台灣沒有合格訓練的外科醫師，光復初期除帝大及醫專訓練的醫師以外就是大陸遷台國防醫學院訓練三到五年的外科。台北帝國大學遵循德國教育是六年學習一年實習，在台大醫院，同時也有台北醫專部，上課教室一樣，是五年學制，實習醫院是台北紅十字醫院，現今的聯合醫院中興院區。

三十八年國民政府遷台後，廢除了台大的醫專學制，只有台大醫學院及國防醫學院，國防醫學院的實習醫院是陸軍總醫院，現今和平醫院後來改爲三軍總醫院遷到汀州路院區。

當時台灣省還不到兩百位醫生，全台醫師通訊上都附上醫生照片、住址、畢業學校及執業科別。民國四十年電話都沒有，所以培養了不少藥劑生及外科助手，形成六十年代的密醫現象，有些助手偷偷在外面懸壺執業是密醫行爲，但是政府也不會積極管束，因爲有一些無醫村如屏東、花蓮、台東，雲林以及偏遠山區，其實全省都有。而開藥房的也不少，後來就地合法發給藥劑生執照，但需要受短期訓練，有些在偏鄉的藥房，當地人或原住民稱他們爲「先生」等同於醫生的尊稱，畢竟發燒、頭痛、流鼻水、過敏，他們也是醫得好的。

「回家這兩天洗澡時不要潑到水，第三天要過來換藥。」

「好的，多久可以拆線？」

「一般來講，是一星期。」

「好有趣喔，藥水有黃色、紅色的，塗了做什麼用呢？」

「小孩子不要亂問。」

「唉呦！你兒子好聰明又不怕血，是念醫學的料喔？」

「紅藥水又稱紅汞水是消毒傷口用的，黃藥水可以消毒又不刺激皮膚是消腫敷料，還有另外一種紫藥水含陽離子是龍膽紫，可以促進黏膜癒合。」醫生娘笑笑地摸摸小朋友的頭，當過小學老師的醫生娘有同理心。

所以在醫護人才及資源極不足的年代，大部分是師徒制，在醫生指導下執行醫療行爲。比如史懷哲在非洲行醫，又比如十九世紀末在德國較先進的外科技術以及大量的病理解剖的實證醫學外，猶太醫生的醫術是普遍有口碑的，當然沒有設立大學之前是醫徒制，中國傳統中醫也是一樣。醫生娘在台灣光復初期就肩負了醫療行政，護理好助手的角色。身兼多職，有時還得相夫教子，工作量相當大，到底醫生娘好不好命？

小手術做完後候診病人剩下三位，天色已晚，鄉下人晚餐是準時開飯的，當時小吃館在傍晚五點前就會打烊。傍晚的病患比較多也是因爲放工或學生放學時才會帶到醫院看病，小診所還是以呼吸道、皮膚、腸胃的毛病居多。光復初期高血壓、糖尿病的病人不多，大概是壓力小，不會飲食過度，當然平均壽命也不過五十歲，有的一中風（apoplexy）就走了。

「今天患者不少卻天黑了呢，這麼多藥還沒有包好？」醫生娘有點急了。

「這裡我處理就好！」五郎暗示醫生娘可以先不管診所的業務，意思是要她準備晚餐。

當時大男人主義的年代，女性上班的非常少，大部分是公職人員、老師、公所職員、農會。後來六十年代才有紡織、成衣輕工業的女性勞力需求。

「噢！好喔，我就去準備supper（晚餐）。」她推開沙門，看一看夕陽餘暉的花園，再轉進獨立的廚房。她有些時候習慣用日式外來語。

廚房是醫生娘最愛的地方，她可以發揮才藝。五郎把候診的三個病人看完，打針包藥就自己來。

退燒藥必須用砝碼秤重，那時藥廠很少，賦形劑及打錠技術不佳（藥錠會散開），所以很多藥是藥粉，連常用的治療胃病的制酸劑小蘇打粉也是用秤的，所以藥劑是用紙單包裝的。例如一天三次照三餐飯後服用，兩天份的藥就是六包，每包裡可能是藥丸，可能是混合藥粉與膠囊，鄉下人稱膠囊藥爲「雞毛捲」是比較高貴的喔！至少比較不會潮解。雞毛捲是閩南話，是膠囊藥的意思。

「紅色紙包是退燒藥，半夜發高燒急用的，沒燒不用服。」五郎回答病患多半是簡短的重點。

「開飯囉！快叫你爸爸過來吃飯。」小明快步到醫局，看著坐在高背診療椅的五郎。

「爸爸！吃飯了，媽媽煮了好吃的炸豬排，還有咖哩飯。」

「噢！好！寫完病歷紀錄就過去，你們先用餐。」病歷是用德文書寫，當時日本醫學教育承襲德國，病歷不用日文也不用英文紀錄。

小明回到餐廳，餐廳跟廚房是一起的，約十五坪大，是獨立的側廂房間，工作臺成L型，中島有酒杯、茶具櫃，處裡食物暫時存放區，旁有大烤箱。接著是吃飯的大圓桌，是整塊檜木的，椅子是圓凳子，也是檜木的，背面放了菜櫥子，在沒有冰箱時代，剩菜是放置於菜櫥中，下面空間放置碟子，盤子等食具。

診所、廚房、花園、先生、三位小孩就是醫生娘的一切，她一生幸福之所在。淚水呢？當然也是有的。

幫小孩洗澡，浴室大灶生火是耗時的，當時沒有瓦斯，大灶燒的是木材，最好的漂流木，有時會燒到樟樹，超級香的，漂流木是和原住民交換舊衣服取得的，當時是以物易物的交易。點火的火柴是仙猴牌的，點火用的易燃物是用甘蔗葉綁的草結，綁草結是醫生娘的工作，需戴手套做，甘蔗葉邊緣的小刺會傷手。這些事情請來的藥局生、護士助理都不做，小孩們躲得遠遠的，但是他們很小就學會在大圓浴盆裡洗澡，醫生娘只是過來檢查耳刮子後面以及下巴脖子的黑條汙垢（脖子上的汙泥）以及腳底，免得睡覺時把床弄髒。

「洗身這麼隨便，耳蝸子後面，脖子上三條有一條汙漫沒洗乾淨。」

「哥哥說，太用力搓，油脂會洗掉，對身體不好。」

「小孩子不要這麼多歪理！」

傍晚，當診所的事務，如包藥、病歷歸檔（按姓氏排序）、備針劑等，忙到一個段落，五郎醫生可以自行處理時，醫生娘就到廚房準備晚餐。

民國四十幾年時，尚未有瓦斯，仍需在傳統兩個灶口的水泥貼磁磚的火爐烹煮，有人家養豬的，火爐比較大，大鐵鍋有直徑八、九十公分大，大家庭用的大灶，煮番薯葉給豬吃，又稱爲豬菜，當時幾乎家家戶戶吃的是番薯籤飯。醫生娘家從未煮過番薯飯，她在日本短大進修用的是蓬萊米。所以她都用蓬萊米煮飯，許多人家是吃在來米番薯飯。

「吃飯要細嚼慢嚥，不要扒飯吃那麼快，像工人一樣。可以文雅一點嗎？」

「是炸豬排好吃嘛，外皮酥脆，肉多汁，豬油很香。」

「慢慢嚼，才有享受，一下就吞進嘴巴，男生吃飯都太快，不要咬到舌喔。」

晚餐時病患最少，若有是一些急診。有時病患上門，五郎醫生會擱置飯菜，看診完才回頭吃飯。醫生娘總是叮嚀他，吃飯中斷會消化不好，讓患者等一下，吃好再診病。醫生急性子，從來沒聽進去過，但每次醫生娘都不放棄提醒。感情很好就會這樣子吧！醫生開會時，也是醫生娘幫他打領帶，不少生活細節都由醫生娘打理。

九點後，所有事都忙完了，哥哥姐姐做功課不需父母叮嚀，小明就賴著媽媽說故事，小時候的他覺得《格林童話》書好厚，像磚頭一樣。

「媽媽！我要聽故事可以嗎？我今天有乖。」

「媽忙完就過來，你看要聽哪一段。」

「我要聽黑森林的糖果屋，巫婆吃小孩的故事。」么兒愉悅地嚷著。

在涼風，花香的後院子的暗沉燈光下，小明聽得身歷童話故事裡頭，彷彿進入中世紀的歐洲黑森林，靠著月光尋找沿路留下來麵包屑的回家之路，此時更珍惜父母無盡的愛。

「好了，睡著了，我都還沒講完呢，這小孩依賴心，就是要黏著媽媽才肯睡。」

哄睡小孩後，房子有一側南面的迴廊，有一個磨米石，傳統用石磨來磨米漿，以便年節時做年糕用的，用手推長柄桿，一面放入米水，一面來回拉石磨，會旋轉磨出米漿來，是過年過節做年糕、麻糬、紅龜粄。旁邊有一間醫生娘的女紅工作室約兩坪大，是放縫紉機，縫補以及剪裁衣服用的，在四十年代，沒有成衣，從內衣底褲到外衣都是家庭手工，只有學校的制服是學校發售的。所以很多小孩的過年衣服都是學校制服，沒有外出便服。平時穿的制服有許多補丁，中學的帽子類似海軍的船形帽。

醫生娘的夜晚就會喝喝淡茶水，踩縫紉機做衣服、布娃娃、絨質小布鞋。衣服的版型是從雜誌上（主婦の生活）給繪製到白紙上，以比例剪裁，小時候小孩的外出服都是醫生娘做的，所以跟村子裡的其他孩童都不一樣。不少小孩內衣褲是利用美援的麵包袋材質裁剪的，所以有淨重二十公斤字樣縫在屁股上，成為其他小孩揶揄的對象。民國四十幾年，醫生娘就取得特多龍的布料為小孩做外出服，有些布料需到台南市的布莊才買得到，高屏地區尚未流行。

「Kiku 親愛的，早點睡吧，衣裳明天再做。」

「好！再過一下就可以了，我下個月想去台南看布料。」

醫生娘對台南市很熟，學生時代是日治台南市光華女中的風雲學生，台灣人念台南女中的很少。兩年多後，聽兄長建議轉學到日本東京都求學，進入女子短期學院（短大）進修的學科是家事課，所以醫生娘的插花（池坊流）是有證照可以授課的，廚藝、服裝設計等學得很好，唯一沒有接受美術專業訓練，但其實她的素描很好。

「嗯！這樣就差不多了，還不錯看。」她常自言自語欣賞自己的作品。做衣服對她而言是消遣也是興趣。

想想要去台南市採買，最好邀小妹英子（Hilejang）一道去，她也準備去台南家專教書。

想到台南，她的少女情懷又回到她的腦海，那是早年遠地求學的經驗。最近她老是回憶從前的事情，那些點點滴滴都是她與五郎共同編織的，都是甜蜜的回憶，她一輩子的成就，全家人都需要她，她是建功醫院的靈魂人物，客家庄的醫生娘。她習慣躺在搖搖椅上看書，那張椅子上有太多美好的回憶。想啊想，時間拉得好久以前快遺忘的黃金歲月，但是卻那麼的清晰。

第二章

留學東京和高千穗丸船難擦身而過

醫生娘是家中排行第四，上面有一位大哥、兩位姐姐，下面有兩位妹妹、兩位弟弟，所以排在中間最自由。父親是內埔鄉豐田村的地主及雜貨商進源號的經營者，在戰爭物資短缺的時期是很不錯的行業，米、油、菸、酒的供應有時是配給的。

進源號常有日籍軍官來寒暄，大概也取得一些物資，鄭老闆也深諳進退之道，所以進源號經營得很活絡，因此陸續購進許多內埔、西勢的農地、水田，但是小孩中沒有人有意願接管進源號。當時台灣人仍是日本帝國皇民，所以年輕人的願望是遠赴日本求學。招喜是老大，所以高雄中學畢業後直奔日本念醫，競爭非常激烈，最終進東京慈惠醫學專門學校。

「阿叔（爸），我跟二姐想繼續念書。」得子較晚，算命仙建議不要直呼阿爸。

「我們商量過，想去東京念家政學校。」

「台灣的大學，大都是日本人，也不好考，女孩子不需讀太多書，學學家政也好。」

鄭老闆很爽快答應了。

菊子跟二姐桂子就結伴住在大哥招喜安頓好的東京住所，就在當地就讀女子短期家事學院。一切學業都很令人愉快且順利，三年後爆發二次世界大戰的太平洋戰爭，就是從日本偷襲珍珠港開始。

當時招喜愛上了妹妹同班同學（日名喜富美），感情進展越熱之時，當哥哥的嫌妹妹們礙事，或打小報告回家鄉，藉故世界戰爭情勢不穩，社會動盪勸兩位妹妹回台灣，不需要到大學進修了。當然父親的立場也覺得女性不需要學太高深的學問，回台灣當老師，等著嫁個好人家就可以了，當時還是重男輕女。

「你們來東京三年也畢業了，快回台灣，這裡會很亂的。現在米（美）國參戰了，會打很久。」

「哥哥，你要不也一道回台灣？你留在這裡一樣也危險啊。」

「什麼話，我是男人，又在醫院服務，我會小心，現正在實習，也不能回台灣。我會看情形，跟父親就這麼說吧。」招喜正在瘋狂熱戀中，希望快快支開兩位妹妹，因爲對象是妹妹同班同學。

家事專門學校（俗稱花娘學校），是當時英、法、日所流行的名媛淑女的養成訓練專門學校。學成之後兩姐妹或有思鄉的念頭，因爲時局在大時代戰亂中，回鄉或許是安全的，但她們倆卻不曾想過戰爭中飄洋過海的危險，當大哥的也沒有替兩位妹妹盤算搭乘什麼時段、什麼噸位的郵輪船隻會是比較安全的。

因爲當時已經傳出有商船被美軍擊沉的新聞事件，且快報（日治時期的號外）輿論多有報導，但二十歲的花樣年華的少女怎麼知道有海難的可能。或許她們也知道有危險，但留在東京會安全嗎？當時大日本軍團仍在勝利的戰情，所以不會想到東京被轟炸的可能。

大哥嘛，快手快腳，訂了高千穗丸郵輪讓妹妹們搭最舒適的大船回台灣。

「哎呀！先搭乘火車接著搭巴士走得這麼慢，我們算的時間會不會太趕了，會不會搭不上輪船？」

「就是啊！怎麼會知道道路會不會突然有管制，附近有被轟炸嗎？」

「那該怎麼辦？找 Hi -Ya（日語：包車）會不會快一點？」

「你以爲我們有多少錢，Hi-Ya 很貴，說不定人家不跑神戶港。也不一定保證趕得上船班。」

「我們應該早一天到神戶，住在旅社，這樣一定可以搭上輪船。」

「唉！沒辦法啦，行李又這麼多，算了啦，趕不上高千穗丸號，再等下一班船就是了。船票又不會作廢，頂多艙位差一點吧！」

「是啊，也只好這樣囉。」

遠遠看到工廠冒煙，街頭上有點亂，一九四二年爆發太平洋戰爭，美軍常不定時會轟炸東京。

「姐，你看安全嗎？」

「美國人轟炸前會先空投傳單，說明要炸那裡方便平民閃躲，通常不會是平民區。他們的目標是軍工製造廠。」

「會炸飛機場和港口嗎？」

「傻瓜，不會，假若炸神戶港，那裡都是老百姓，怎麼還會有船期可以開船呢。」

「所以姐姐，我們不會有事囉！」

「有事啊，今天晚上看要睡在哪裡，都不知道才是大事。」

兩位少女從東京出發，坐火車到神戶，再打算從神戶港搭高千穗丸回台灣。時間依計畫算得剛剛好可以到神戶。但沒想到東京到神戶的火車因機械問題誤點，當他們到達神戶時已經下午四點，高千穗丸號已經出航，駛離神戶港前往台灣基隆港，她們望船跳腳。

回到船事所，安排第二天的航班，船票還是可以用的，但是噸位比較小些，載客數也少，高千穗丸是大型輪船。當時兩姐妹在神戶港的保安室裡度過一個夜晚，保安室的少佐給了很大的幫忙，畢竟戰爭期離開港口到市區住宿，加上行李，總是沒有安全感，第二天平安搭船回台灣。

從神戶回基隆港的航程是遠的，在第二天就聽到電報，高千穗丸號在基隆港外海被美國擊沉，有數百人獲救上岸，近千人罹難，那天是一九四三年三月十九日。大家在船上抱成一團，哭泣聲此起彼落，也不知道他們這艘客輪會不會也被擊沉，有人說美軍太可惡了，怎麼不顧國際法規攻擊無武裝的民間船隻。美軍在菲律賓戰敗後，以海軍的潛水艇做魚雷攻擊戰爲主。

其中有仕紳說話了。

「戰爭是殘酷的，爾虞我詐，有些大的商船可能暗藏軍械、戰爭軍需物資，畢竟太平洋戰爭中，日本運送軍備物資到南洋，菲律賓、馬來西亞、新加坡、緬甸是以台灣爲中繼站，是有可能的。」

「南洋美軍已被擊退，就連麥克阿瑟將軍也從菲律賓撤退，所以基隆外海有中國與美軍聯合的船艦，最可能的是潛水艇。」另外一個男人跟著說。

「所以日本艦商船載運軍械被美國情報攔截，所以就攻擊商船，尤其是客貨輪船。民衆搭船時應該先查看有無變裝軍人模樣，以及船板下有無重機械，譬如查看船隻的吃水線是否偏高。」

大家都覺得仕紳好有學問，但上了船一般百姓，誰能知道這些細節，只有禱告了。有些人鼓起大和民族愛國情操，與帝國共存亡。但是台灣人呢？跟自己同胞中國人作戰，心情複雜，不知爲何而戰。

「有不少鄉親還被拉到南洋當軍伕，不是正規軍，只是做苦工，不配備武器的，最底層的戰爭奴役，他們的安危會有人在意嗎。我說日本政府。」

「女人則是慰安婦啊。誰敢吭聲呢！軍國主義下敢吭聲的就沒命。」

說到這裡大部分台籍乘客都心情上上下下，又怕被日本人聽到，後果難料。

「老百姓眞無辜，我們怎麼會知道呢？說不定前一天就已經把軍備物資裝在船艙下，那麼船長總是知道吧！」

「只能聽天由命，大家同心禱告，來吧，我們唱愛國歌曲，共生共死。」

旅客中有不少人應和著，大概聽到高千穗丸號的噩耗，大家很需要心理建設和安慰。

船程是平穩的，天候也晴朗，終於在忐忑心情中登陸基隆港。接船的人很多，港口很吵雜，很擁擠又亂，因為前一天高千穗丸船難湧進很多人。應該是很歡樂的接船儀式，卻是愁雲慘霧，記者他們也在其中，採訪船難後第一批安全上岸的旅客。

當然嚴重譴責美軍不人道行爲，要求美軍道歉，保證不再發生類似事件。但似乎不曾發揮作用，戰爭是不講道理的，突擊的當下，潛水艇指揮官最大，魚雷發射與否全在指揮官的決定，戰勝國的指揮官是英雄，不用被審判，戰敗國即使是很有良心的指揮官也會因殺戮而被定罪，成者爲王，敗者爲寇。

仍是懷著劫後餘生的兩姐妹終於回到屏東豐田村的故鄉，大家慶幸因爲誤點沒搭上高千穗丸號，逃過災難。她們興致高昂的解釋在日本發生的種種情事，包括招喜的戀情，如何又趕又勸她們姊妹回台灣。

大哥與喜富美的戀情當然迅速升溫，醫學生多金，女子美麗，是大戶家的養女，也需要一些溫暖，很快地就在東京結婚了，後來回台灣補辦喜事在當時是很前衛的，是青年自由戀愛的先驅，也是異國戀情，雖然都是大日本帝國的皇民。後來回台定居喜富美不適應是後話。

回國後菊子面臨一堆提親的介紹，大姊、二姐頗有批評和怨言。鄭老闆告訴她們是鄉親主動的，又不是誰去招惹的，姊妹要有風度。

醫生娘的羅曼史有點不同於大哥。年輕活潑、長相甜美的她不曾有羅曼史，大概鄉下青年沒有人敢追她，當時女子受教育的人不多，在台南市念書住的學校宿舍，也沒有日本高中生追求，倒是屏東有些阿兵哥會對她吹口哨，日本軍紀嚴明所以也沒有駐軍羅曼史。但她從日本回國後雙十年華，很多大戶人就常常到進源號喫茶，談婚事，當時醫生娘有一位姐姐、兩位妹妹未出嫁，當然小妹還小。但說媒的對象就針對醫生娘一人，因爲長得標緻，皮膚白皙，身材好，聲音很好聽，一口標準東京腔日語，有些人還以爲她是日本人，遠到高雄都有不少人說媒，商人、貨運公司小開、醫生。但醫生娘覺得他們沒她的緣，學問不夠好，不夠有紳士風度，也不是高帥型男，她沒中意半個。

後來大哥從東京寫信過來，交代有一位屏東鄉親，是他認識的雄中學弟，正在名古屋帝國大學讀醫科，會回屏東拜訪，囑咐三妹必須看過這位青年再決定婚事。幾個姊妹看了信就消遣她。

「菊子，醫學生喔！不知帥不帥，若不中意就留給我們。」

「你們少來了，看好自己的姻緣，我還不想嫁人。看都沒看到，影子都沒有。」

「妳不先快快嫁，我們都沒機會。」

「是啊！就是嘛，說媒的都點名妳，什麼時候才有我們的份，妳啊，害到我們了，妳知不知道。」

「對啊，不要一副無辜的樣子。」

二十出頭的年輕女孩，其實也不知道戀愛是什麼，也沒特別期待，還是忙著學校教書的事，她是內埔國小的老師，教日本語及家事課。也是忙得樂在其中，學生都很喜歡她、崇拜她，有那些插花、縫紉及烹飪課讓生活更多采多姿，以前的老師比較古板沒什麼話題。

學生相當好奇老師的浪漫史，若有人到學校看老師，跟老師說話，學生就偷看偷聽。又是哪一家的少爺過來看，家裡聽說做什麼事業的！

有一天醫生娘在教師辦公室收到一封信，她打開看竟然是一首詩，原意大概是：「今日見卿，甚是歡喜，汝兄乃吾學長，兩地相隔，相見尤艱，離去亦難。敬候佳音，在吾學成之日。相信良緣天定，惜未當面如晤，教室倩影深印心斐，乃吾心之渴望；唐突處尚請見諒。知名不具。」沒有信封，只是便條紙。

醫生娘看了沒具名的便條，愣了半晌，第一次收到有詩句的留言，又像情書，但從未謀面，想想這個人怎麼這麼奇怪，沒帶花束來，也沒安排見面，留了字條就離開了，他是怕我看見他嗎？怎麼這樣過來像間諜一樣偷看人家教書，但似乎有瞄到一下，高又有氣質，會是大哥提到的留學生嗎？還好二十歲的她很快就忘了這些疑問，繼續教書。

這封信真的有發揮作用，在爾後相親的日子裡，醫生娘總會在乎對方的學歷如何？會不會做詩，文采如何？是不是學醫的？總覺得信中的五郎站在旁邊叮嚀。

「他們沒有比我好，你可要想清楚。」腦海中的幻象起伏著。

第三章

結婚，醫生娘與豐田診所

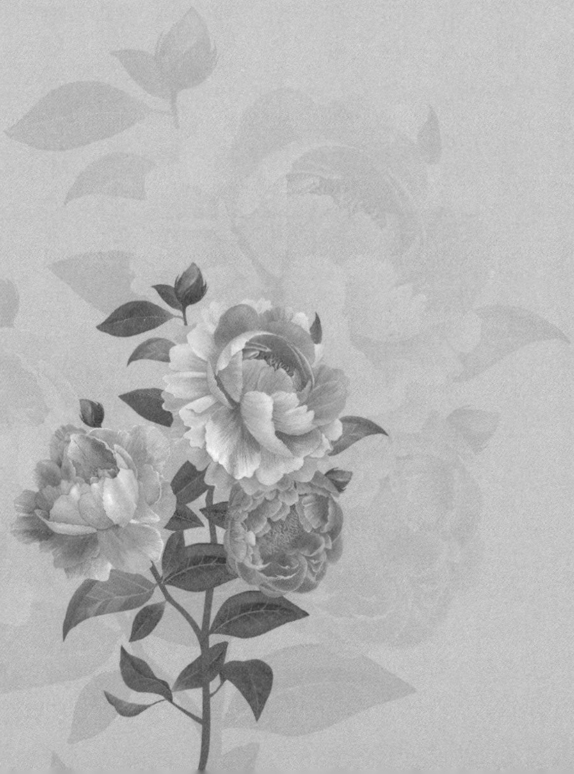

二戰終於打到日本本土了，一九四四年東亞情勢驟變，日本在東南亞的戰事逆轉，所以東京常受到美軍轟炸，轟炸前宣傳單到處飄，但天皇仍三不五時發放民生物資慶祝何處戰役打勝仗，其實是欺騙安撫，台灣人在日本念工科的都被分配到戰爭相關的單位，五郎念的是醫科，因爲未畢業所以不用上戰場，但隨著戰事吃緊念到大學四年級就結束回台灣，轉到日本第八帝國醫學院就是現在的台灣大學接著念五年級。韓國漢城是第九帝大，原本讀的名古屋是第三帝大，僅次於東京帝大及京都帝大。

回台灣的五郎很快地回台大繼續學業，同時也回屏東豐田村拜訪兩年未見的醫生娘。進源號的鄭老闆看了很中意，客家屏東同鄉從日本帝大歸國很有面子，雖然還沒畢業，但不是問題，希望把婚事定下，醫生娘終於看到廬山眞面目，跟哥哥一樣高，一米七二，但比較壯，很有男子氣概，額頭高，眉毛厚，鼻樑高，敦厚老實，不像過來做媒的男士，有世故老練的算計心。菊子比較喜歡有學問、新思想，有氣質又單純的青年，眼前的五郎都符合。

「哥哥的眼光眞好，謝謝哥哥。」醫生娘沒想到大哥眞的沒讓她失望，她揪了許久的心終於踏實了。

當然提親是必要的。

「怎麼樣，要提親了嗎？那找你爺爺出面，他很穩重，鄉里很有份量。」

「好的，我去跟爺爺說。」

五郎的父親早逝，所以由祖父與母親出面提親，醫生娘的父親是內埔鄉知名的進源商號老闆，良田逾百甲，五郎家庭是小康，但有祖產良田，是農家。

「我們去下背，看看建功村，他們家庭、親友是什麼情況。」

鄭老闆一行人到了新埤鄉的建功村看了一下。他習慣帶著土黃色日式寬邊圓帽。在六堆客家庄裡，新埤鄉與佳冬鄉在南面，俗稱下背。

所有人在張家大廳見面，磚砌的房子，只有一進而非三進式建築，但是有左右兩側廂房，大廳正前有一個晒稻穀的大禾堂，邊側有一個土角厝，是典型的農家。大廳裡掛了一幅張長發校長的黑白遺照，非常帥。媒人介紹雙方，客套一番。稱讚校長的光榮歷史，是村裡的楷模。

「親家啊，我們祖先來自廣東梅縣。五郎的父親在世時是小學校長，一九一五年考上台灣總督府醫學專門學校，但日本人排擠台灣人民，所以莫須有之名，不准入學，原因寫成年齡不足，不適合念醫學院。五郎的母親是新竹湖口人，家族南遷搬到新埤來務農兼做竹子生意，比在新竹有發展。」五郎的爺爺說話慢中有序。

「因此五郎父親長發先生轉學到總督府國語學校就讀（現今國立台灣師範大學，亦稱台師大）。後來回屏東任國小校長，同時在新埤鄉建功村開設雜貨店，並設簡易交誼廳，如撞球（台球）並耕種甘蔗、養豬等農事。但在四十五歲時因傷寒合併腸出血在民國三十二年過世，所以家道因此稍微辛苦些，幸好五郎念了醫科，期待重振家園。」

「喔，真是可惜，這麼好的人才，台灣人出任校長的還真少，是客家之光。傷寒症，嗯，很難醫的。過世有四年了。五郎是老大嗎？一般老大都叫太郎？」

「是啊，五郎是去日本才取的，他是農曆十五出生，所以是十五郎，因日本政府規定台灣人名字要日本化，男生是X郎，女生是X子，大家為了方便稱呼他五郎，其實孫子們的本名依長幼次序，用伯、仲、淑、季，本名是伯熹。」

「喔，是這樣，還能繼續學業，真不簡單。」

「是啊！是不容易，第一次回去日本時帶了兩大麻布袋子的砂糖，後來五郎還兼家庭教師，學費就可以應付了，所以繼續他的學業。長發他一直希望五郎能當醫生，完成他少年未竟的願望，他曾考上的醫學專門學校，卻又念不成。」

「是好樣的，年輕人有志向。聽說五郎有一位叔叔？」

「是的，他比較年輕，日本法政大學畢業，剛回國在高雄創立雜誌社。他喜歡柔道，有好幾段，在屏東警察局指導柔道，興趣太多。」

「能文能武才是令人敬佩。」

「我們家小姐也喜歡運動。」

「很活潑，甜美漂亮，很有人緣，難怪五郎會動心，醫科都還沒畢業呢，就想結婚了。」

「親家爺，您太客氣，菊子有很多人說媒，她都沒同意，這次不一樣了。年輕人中意就好，你說是不是。念書念太多會耽誤婚姻吧。」

就這樣，一次就順利，雙方長輩見了面。

提親的時候醫生娘及父親鄭老闆到了新埤看了別的人家，再看看張家有兩棟不同處的房子，主建築是磚瓦房子，側廂房則是土角厝，有曾經開過店的主宅，但不似內埔豐田的三進的大宅院，何況隔壁鄰居大多是土角屋，顯得落後，有人替醫生娘抱屈眞的要嫁到這樣的鄉下嗎？擔心她受苦。

鄭老闆認爲當醫生會到大城市去，祖厝是客家人樸實家風，書香門第，雖家道中衰，仍可再起，人品老實最重要。

豐田這邊還請人打聽，張家的家世背景，高祖是做買賣的，曾經在萬巒、五溝水一帶活躍，包括山產生意，與原住民有來往。先祖賺些錢買了不少田地。

家世調查才知道五郎的祖母來自佳冬鄉的林家，是當地望族，出了許多醫生，林X香，香字輩就是這一代最多的醫生名。聽說祖墳是風水寶地。

有人還是覺得窮酸日子，三小姐可以挺過去嗎？

又有人提醒五郎的爸爸納妾，會不會是隱憂？

有六個弟妹要養、要教育，家累很大，小姐負擔會很大？

「依我看，這門婚事可以的，房子、田產、家族清白單純，身體體格遺傳都行。」鄭老闆決議了，有些不同的聲音被壓了下來。

射手座的她是樂天派的，高帥又有學問，看得順眼有感覺最重要，何況父兄都同意。

回家之時，鄉下牧童、牛群、牛糞在大街上的新埤，將來會如何？將來會到大都市嗎？或在這裡落腳？稻田的香，雞犬圍繞的庭院，對了，種美麗的花樹，有漂亮的庭院，好像不錯。她心裡想著，幸福是自己創造出來的，池坊流的花藝花器不就是這樣嗎？意境很重要的，人不應該活在別人價值觀的表象裡，創造意境可以跳脫舊有的思維與世俗的價值觀。

醫生娘是很有主見的，雖有一些封建的保守思想，但也歡迎新的個人主義色彩，這種個性特質的混合是迷人的。端莊又不失保守，優雅不落俗套，她在東京學習的正是當時倫敦、巴黎流行的結合家事與藝術風潮。可惜在屏東的客家莊庄，引領不了風潮，也是她晚年的一些遺憾，沒有舞台，但有恬靜幸福的日子。

「菊子，你能適應鄉下生活嗎？」

「說不定五郎會留在都市發展。」

「結婚後再慢慢討論吧。五郎都還沒畢業呢。」

✽

五郎畢業的時候，是台大醫學院光復後第三屆，在北投服兵役，是精神科病房，當時有少數同學留在台大，日籍學生都回日本，日籍教授也走了大半，少數被慰留台大。留在台大的同學是沒有薪給的，就連外科也是如此，住院醫師沒有薪水，只能到紅十字醫院、馬偕醫院及其他開業醫院如徐傍興外科去兼差，値夜班，日語稱爲「阿魯拜特」。

「五郎君你好福氣，太太好漂亮，難怪，你搶得兇啊，又有這麼可愛的女兒。」

「看不出你靜靜地吃三碗公半，眞厲害，眞羨慕。有妹妹可以介紹嗎？」

同學你一言我一句的，都湊過來，一面羨慕，一面揶揄。

五郎畢業於民國三十七年，醫科在日本讀四年，在台灣又讀了三年，畢業典禮時，醫生娘抱著七個月大的女兒參加畢業典禮，是班上少數已經當爸爸的畢業生。當然畢業後就有生活經濟壓力，所以選擇回屛東衛生院上班，做內科醫師兼第三科科長，他有三分之一同學是留台大上班，當時台大是無給職。

✽

五郎有六位弟妹及母親需要他賺錢，身爲長子當然得負責。同時他的叔叔才於民國三十六年發生的二二八事件被國民黨提到高雄審訊，音訊全無，當然後來是被槍決了。五郎的叔叔是日本法政大學政治系畢業，回高雄辦雜誌，在報社寫專欄，碰到二二八事件，他本著良心做事，問心無愧卻也被羅織叛國罪行。後來此事件影響到民國七十一年五郎在衛生局長任內仍不能出國考察，當然此事件在解嚴後得到平反。

五郎在屏東衛生院任內科醫師，醫生娘過得算順利，屏東市還算繁華，有一個女兒，後來又添一個兒子，離娘家內埔也近，所以天時、地利、人和在衛生院有不少朋友。當時有機會到潮州瘧疾研究所服務，但後來另一位台大同學過去接了此位置，最終被外派WHO會員國傳授撲滅瘧蚊的方法，是台灣最早期的醫療團。新埤鄉親希望鄉內唯一的醫生能回鄉服務，所以大力拉攏五郎回到比較近的潮州，至少騎單車二、三十分鐘；若是到屏東有三十多公里遠，對鄉下人而言太遠了。

「要不要留在瘧疾研究所幫忙？」五郎學弟莊徵華醫師邀請他過去。

「一大家子需要我，暫時不適合做研究工作。」

當時醫生娘的哥哥在二戰後帶日本新娘及一男、一女，四人住在大宅院的右側平房，大廳是診所及藥局，是豐田村的第一家醫院豐田醫院，招喜醫師雖是主修產婦人科，但在鄉下都是全科醫師，他非常敬業，常常到病患家訪視，看看投藥後有沒有好轉。

在客家庄婦產科部分進行不甚順利，生產小孩多半找接生婆，一般婦科疾病也不上醫院看診，加上妻子是日本籍，還是很難融入鄭家大家庭，弟妹爭吵蠻多的，喜富美學會說一些客家話及國語，但是異國婚姻有其困難之處，即使有兩位同班同學在一個大屋簷下，也是高興不起來，應該是思鄉病。

招喜的表哥鍾安賢也是遠赴日本學醫，戰後娶的是台灣妻子沒有回台灣，續留在東京發展，常寫信過來，東京戰後非常欠缺物資，百廢待興是投資的大好機會，他們相信戰後的日本，很快會站起來。

「爸爸（阿叔），日本現在機會很好，你看我回日本發展好嗎？」招喜選了個阿爸心情好的時候提議。

「嗯！其實也可以考慮，這個國民黨把我們家當黑名單，進源號的帳冊被上繳了，還查光復前後的稅，擺明了要整我們。」

「真的啊！我們沒有什麼有關係的人可以在政府那邊說話嗎？」

「說話！就不用提了，萬丹張家的田地比我們多，也沒被徵收多少。我們一百多畝，還要三七五減租，賣三畝田就要虧掉一畝多，我們要改成建地也不行，說是最好的良田只能種稻子，將來反攻大陸需要囤很多米糧。上田就是最好的水田，不能更改的。有沒僱請佃農的地，也被國民政府低價徵收後被放領了，什麼年代啊！又能如何。什麼土地改革不就是改朝換代，弱化菁英對政治的影響力。」水田分等級，最好的上田不准改變地目，作爲它用，只能耕種稻米。

「阿爸，我念醫的，這些都不懂，要不要找人規劃，那個內埔代書會不會靈通一點？」

「都差不多啦！沒有政商關係怎麼談，民不與官鬥，二二八事件你還不明白嗎？」難得鄭老闆抽根煙，個子不高，額頭高，大廳裡掛著桃園三結義的關公像，似乎做買賣的關係，供奉關帝爺的很多，招喜是家中老大，父親也快六十五歲了，也是交棒的時候。

「阿爸！照理說我應該接下進源號的事業，但是你讓我學習醫學，去了日本十年，又遭逢二次大戰巨變，加上國民黨退守政權交接之際。時代不同，我所學的專長又不同，我沒辦法接下進源號了，做生意我完全不在行。」

「嗯！你說的有道理，你學醫的，應該專精醫術，但你有志向，在鄉下開診所能滿足你嗎？要不要考慮到屏東市開業，林眼科是我們親戚，生意名聲都很好，拜託他幫你一把。」

「爸！正要找你說，我想回東京。」

「回東京？你才回來不到三年就要回去嗎？台灣不是也很缺醫生嗎？」

「阿爸！國民政府的態度，又對我們家不假辭色，你女婿的叔叔剛被槍決不久，這種政治上對台灣菁英的打壓，尤其是醫生，我們不能不小心。」

「爸！安賢君寫信來，需要資金投資東京的房地產，是個轉型的機會，我看務農在三七五減租下很難發展。現在是投資的機會。」

「嗯！是這樣嗎？那麼你當初怎麼不跟安賢君一樣留在東京，還搬回台灣。改變那麼多，應該還有原因吧。」

「爸，是啦！喜富美她不太適應這裡，沒親友，客家人也不很好相處。」

「菊子、桂子都是她同班同學，也可以說得上話！」

「大家有各自家庭，公婆又不能天天相處在一起，不一樣啦！」

「所以說來說去，媳婦想回日本才是重點，其他只是你的說辭。」

「不是啦！阿爸，這些都是有相關的，其實留在台灣，屏東我不能發揮，要不然我改做外科，與其這樣倒不如回東京，跟安賢君並肩作戰，一方面做產婦人科，一面投資房地產，等成功之後再回來投資台灣也可以呀！有些華僑前輩也是成功的榜樣。」

「嗯！你不接家業，我可以理解，務農是辛苦的，你做不來，日本媳婦看來也不行。若是接進源號，你的個性太慷慨，不精於做生意，膽大心細，果斷現實都不是你能掌握的。」

「生意兒子，難生啊！」鄭老闆想了半晌，大老婆不能生育，側室生了三男、五女沒有一個像會做生意的，加上大時代變了，要嘛像上海人一樣做進出口貿易，不然做南北貨，做雜貨商的時代似乎格局會越變越小。

想了許久，都沒說話。氣氛僵住了。

「阿爸，事態明顯，現在東京戰後到處是機會，就是缺人才、缺資金。我看國民政府對台灣菁英分子很有意見，三七五減租，加上進源號，我們鄭家沒有人脈打通官府的關係。沒關係，我們到日本發展，你再到東京來長住，看能不能發揮長才，也可以做日本與台灣的進出口生意。」

「唉！越講越遠了，六十多歲了，再十幾年，養老也可以了，你想到東京發展，就要認眞做，看需要多少資金。我把你的份先賣一些田也可以，這一份本來就要分給你的。」

「你是老大，做個榜樣，成功之後回台灣來，要蓋醫院也可以。」

招喜得到父親的同意，就高興地跟喜富美說這個好消息，害思鄉病的她，高興得緊抱著，終於有機會脫離大家庭了，她受不了大家庭的生活壓力，也不知如何討好公婆，客家庄的保守，都把她當外國人，雖然客客氣氣，但無法融入客家人的習俗。

或許當初招喜到台北或高雄發展會比較容易些，當時有不少留日回台灣的醫師選擇日籍配偶，也都是美滿的婚姻。

招喜的母親是後來才被告知的，逆來順受的個性是她的美德，很堅強，但不主動發表意見，夫君說的算。

「才留學近十年回來，住了不到三年，生了兩個小孩就要離開，我這個媽媽天天盼你回家，好不容易全家團圓，現在又要到日本發展，我想不出一個道理來。」

「你是老大，不該有責任嗎？你的豐田診所才開設不久，鄉親都說難得有自己故鄉人學成，在豐田懸壺濟世，現在你說走就走，會被鄉親說話的。」

「阿母！對不起沒先找你商量，阿爸已經同意我們到日本發展了。」

「你們！還不就是日本妻子。噢！她比你阿母重要啊！我們客家人，阿母最大，你把阿母擺在哪裡？」

「阿母！聽我講，豐田太小了，不適合發展，池塘裡不能養大鯉魚。到高雄可能好一點，但是安賢君留在東京，他說機會很大，他購買很多房地產，所以醫生就是副業，他邀請我一起去發展。」

「鍾家人一向眼光好，你舅舅家他們不少人到日本去，這是這個理由，但是我看不到你，日本那麼遠，爲什麼一定要大發展，我們鄭家不缺錢，吃穿都比人家好，多賺錢有什麼好，一個國民政府來大家的財產都縮水了，我不管事的，但全家團圓有多好。我看是媳婦想回日本吧！你不會哄哄她，再多生幾個小孩。」

「就是有兩個小孩，又有診所要忙，又有小姑小叔們天天吵吵鬧鬧，又沒什麼說得上話的朋友，不得憂鬱症也難。」

「嫁雞隨雞，她在這裡那裡不好，我們哪裡虧待她了，你二妹三妹都是她同班同學，三妹在屏東衛生院，很常回來看你們，不是嗎？」

「對了阿母，我們到日本發展後，豐田診所就找五郎及三妹了，五郎是內科，但是簡單產婦人科及接生是沒問題的。」

「這也是我為何放心離開的原因。把五郎君請過來，鄉親一定會歡迎的，他是帝國大學醫科畢業的，他醫術在我之上。」

「是啊，人家認眞讀書，名列前茅，你修的醫學課程裡，談太多戀愛。不過是在家鄉開業，都是小病比較多，五郎適合在都市發展，帝大是最高學校了，人家也是大鯉魚。」

「學問再好也要服務鄉親，何況內埔，竹田鄉沒幾個醫生！」

「說得好！那麼你還要走？投資房地產也可以投資台北啊！日本人搬走了，台北很多日式宿舍、官舍，都會重建的，將來或許會看好耶！」

「東京機會更好！台北有國民政府，加上二二八的打壓，外省人很硬的，沒有贏面，改天反攻大陸又會徵調民間物資，法院又是國民政府開的，他們照顧農民，我們家地主出身的是最先被盯上的。軍隊槍炮不長眼睛的。」

「五郎的台大同班同學被密告是共產黨，槍決了三、四人，教授也不例外。」

「嗯！亂世啊！財產性命，說變就變，說來抓就來抓人，能怎麼樣呢。」

「我們沒有政商關係只能當順民了，現在有機會往日本發展，語言文化都通，我在日本讀書時，已經融入他們，也不覺得我們是外國人。」

「好吧！跟安賢君通信，了解一下東京的情形，需要多少資金，如何進行。那將來呢？你會回台灣嗎？還是歸化日本籍？」

「講太遠了，先看事業、家庭、喜富美的情形，以後再說。」

「你是家中老大，客家人不能背祖，我再十幾二十年就會百年了，你可知道長子的責任，照顧老母、弟妹們，不然會散掉的，家運要謹記在心。」

「你要對祖宗發誓，你看照片中，全家人一起多圓滿。」客家人的大廳通常會掛上許多張家族重要照片，貼在畫框內，親朋好友馬上看得見。

屏東市的衛生院，五郎才調任來此，任第三科科長。

昭喜到屏東衛生院找五郎，在醫師辦公室會談，商量回東京的事。

「我想回東京發展，那邊戰後重建機會很大，我有資金可以投資房地產。我困在豐田村沒什麼發展，鄉下人都習慣找產婆接生，婦科病也羞於看醫生。」

「也是啦，老爺同意嗎？」

「父親沒反對，他說，看你要不要接下醫院來，必須對鄉親父老有交代。你能不能幫我回豐田顧診所。」

「我可以，但是要說服你妹妹，她希望到都市發展。你知道她不願意待在鄉下。」

「這個我來跟她說，暫時先待在豐田，先開業，有資本後再到屏東市或高雄也可以。」

喜富美對菊子感謝再三，終於讓他們母子可以回日本。畢竟是同班同學，感情很深的，又合得來。

✽

兩個月後五郎跟醫師娘重掌豐田醫院，離開了屏東衛生院。

畢竟是自己成長的家，格外親切，當時醫生娘已育有一女一子，回到豐田也是要過大家族的日子。兩位妹妹、兩位弟弟尚未成家，都還在學校讀書。

少了大哥大嫂，醫生娘成了家族中重要人物，總管許多家務。她幹勁十足，有舞台可以發揮，接手後診所也經營得有聲有色，連內埔村人都會到豐田就醫。

一位醫科畢業的年輕人不到三十歲很容易被鄉親影響，五郎在衛生院時被學長葉醫師教會打麻將。到了豐田恰巧醫生娘的養兄精於此道，常常邀五郎打牌。有一次牌局在內埔村，下午打到晚上未回家吃晚飯，同時有病患前來求診。當時沒有電話，醫生娘騎腳踏車，沒有車燈，只好左手拿一炷大支香騎車，路人看到香火的光會閃開，以防路人沒看到她，騎了三公里遠。

五郎後來就不會晚上到隔壁村打麻將了。醫生娘對養兄說了重話。

「五郎是救人的醫生，不是你們的牌搭子。」

不久醫生娘的二兒子出生在豐田，是五郎親自接生的，前三個都是產婆接生的，生長子時他在北投服預官役，之前第二個女兒分娩時也是因公不在身邊而由產婆接，後來因爲臍帶纏繞脖子而夭折。

鄭老闆很高興迎接第十二個孫子，也是五郎的第二個兒子，在他的大宅院出生增添喜氣，所以請了算命先生排八字，當然得到滿意的結果。

「看起來怎麼樣？」

「府相朝垣格。有祿，好命格啊。」

「祖宗有保佑，眞感恩。」

他經商多年相信風水、八字。供奉關公，相信一切有神明安排。取決命運，風水是重要的變數。其他人可不這樣想，他老人家也沒強求。

在豐田的日子是平平淡淡的，五郎個性內向話不多，也不容易在他鄉交到朋友，一位台大的學弟在內埔開業還算有聯絡。但是豐田的牌搭很黏人，那群人煙癮很大，醫生娘很不喜歡，她注重生活禮儀細節，就連打撲克牌前，都要先洗手。

男人會物以類聚，她覺得豐田這票男人沒志氣。她大姊夫出身教育界在縣政府任科長，結識不好的同事，感情重心外移，三更半夜才爬牆回家，這都是不好的榜樣。五郎很單純或許應該搬到比較有發展的地方開醫院才好。

有良性競爭才會進步。

「小孩的爸，你在這裡很難不被叫去打牌，你的個性不好意思拒絕人家，這樣不好，你說是不是。我們搬去潮州開業好嗎。」

「我沒意見，爸爸知道嗎？只要他贊成，我可以，一方面距離新埤比較近，我也方便照顧建功的親友。」

「好哇，你要過來潮州開業，我外科你內科，彼此照應，很理想。」同學劉光榮醫師熱烈歡迎。

「是啊，介紹好地點嘛。買下來也可以。」

「我曾經看過潮州戲院旁的巷子，很寬的巷子，對面是公路局的招呼站，交通方便，缺點是不在省公路上比較不顯眼。還有旁邊就是萬里紅酒家，會不會在意。」

「好，我跟內人過去實地看看，大概是可以的。」

「酒家不是問題，有人潮才重要，菜市場旁也一樣啊，開醫院不必文教區。」醫生娘看過之後，就這麼決定了。

在豐田診所三年多，醫生娘生下第三個小孩後，無暇管理弟妹家務，又想脫離打麻將的那群親友，開始重新生涯規劃。大女兒上豐田國民學校二年級，每年級兩個班人數不多，水準應該沒有都市好，若搬到屏東市或潮州也可以，有比較多學習競爭機會。

當然醫生娘的想法是屏東市比較好，更接近高雄，她去台南也比較近。她年輕時在台南念書，很習慣台南文化，是日治時代的一府。

五郎是好說話的先生，也覺得或許鄉下行醫過於平淡，是該選擇到熱鬧的地方，他同學劉醫師就從苗栗搬下來，在潮州火車站旁開外科，資金不足還向五郎夫妻借錢。

先前五郎猶豫著新埤，是客家庄的左堆，始自清朝乾隆時期的六堆是反威權及外族統治的民間自衛隊，是強悍硬頸的客家人，不輕易妥協的民族，在中日甲午戰爭割讓日本時，反抗日軍接收台灣發揮了重大作用。老母親希望長子榮歸故里，服務鄉親，不要老是往妻子娘家跑，成家立業以丈夫爲重才對。

雖同是客家庄，內埔鄉屬於後堆，語言上與左堆的新埤、佳冬發音有些微不同，有所謂上背與下背地域之分，但都是源自梅縣的客家話。現在醫生娘願意到潮州，這樣離五郎老家新埤更近了，只有十公里遠。

醫生娘個性很好，看到五郎開心，她也尊重夫君的決定。後來重大決定大體也是協商模式，醫生娘還是會有她的立場。

潮州當時有五、六萬人口，有多家診所聚集，內、外、婦產、眼、耳鼻、小兒、牙、檢驗、X光都俱全。

唯一反對搬家的是小兒子，他在豐田出生已經滿三歲，有保母，還有一位同齡的表姊玩伴。

「我不要搬家，英蘭！英蘭！妳在哪裡？」

坐在門廊邊哭泣，聲嘶力竭。後來忘得一乾二淨，因爲會有新玩伴。

第四章

懸壺濟世

鄉親高興極了，找五郎看病不必遠道屏東或內埔了。醫生娘嫁雞隨雞，整理新居，開設新診所，地五十坪大兩層樓，旁邊有側房，作爲起居室與廚房，診所旁邊有十來坪空地種植木瓜樹。二樓是主臥，小孩子的通舖，一樓設有診療室、藥局及治療室。治療室五坪大，有一張特別的病床作爲精神病，電擊治療用。招牌仍沿用豐田診所，一輩子開設診所都以家鄉地命名，也是鄉親土親，自己的根。

到了潮州重新發展，病人以閩南福佬人居多，客家人也不少，外省籍也有，當時台大畢業的內科醫生不多，所以五郎君也小有名氣。但日子就忙多了，尤其接下精神科的病患，可以用的藥不多，巴比妥塩、鋰塩及鎮定劑。嚴重精神分裂症就用電擊治療，將大腦當機後重新開機，在潮州只有他治療此類精神病。

大女兒、大兒子就轉到潮州國民學校就讀，都能適應，但小兒子哭個不停，因爲才三歲，玩伴不見了，但是搬家後不久就跟校長的孫女玩在一塊，後來又有萬里紅酒家的小女孩加入。小孩子很容易交朋友，甚至邀校長的孫女從幼稚園逃學，老師急著找小孩，結果是溜到兩、三百公尺外的國小樹林下，吃媽媽買給全家的紅豆餅。

醫生娘的生活多采多姿，大的小孩上學，小兒子有保母照顧，只是頑皮點，潮州的布店、裁縫、菜市場、南北貨都很多，也集中。電影院有四家，如潮州戲院、南峰戲院、光春戲院，新山戲院旁也有當時的夜市，很多吃的攤子，水果、冰品、宵夜、牛雜湯，規模雖小，一應俱全，青草茶是大缸子燒出來的，冬瓜茶的香甜沒話說，還有看完夜場電影可以享受鱔魚麵以及一位日本媳婦煮的鍋燒麵。

潮州鎮有不少診所，醫師娘們也常來往，布莊多，裁縫也不錯，加上自己也會縫製衣服，交流的機會很多，所以可以情商書局代購日本雜誌《主婦の生活》。雜誌後面會附上一、兩頁的漫畫，小兒子特別喜歡，常黏著醫生娘說漫畫內容，如忍者。本土漫畫如四郎眞平、眞假王子，或是阿三哥與大嬸婆、小聰明，但日本漫畫內容多多了。

「醫生娘，天主堂有慕道活動，歡迎你們全家過來禮拜。」外國修女有時會過來拜訪。

「謝謝，好的有空我們會過去。」

明治橋旁有一間天主堂，活動也很多，每遇宗教慶典，修女會主動邀約醫生娘參加，用幻燈片介紹耶穌的一生，大衛王的故事。宗教是不可勉強的，醫師娘是不可知論者，相信科學，所以很難融入天主教的團體，所以小孩們也沒有到教會去認識新朋友。

「修女姊妹，天主教很好，但是我婆婆是道教，她會批評的，我有空再過來聽道理、做禮拜。

「不要急，主的恩典不會捨棄祂牧的羊群。」

其實作爲開業醫的醫生娘是很忙的，主要仍要幫忙藥局的工作，所以沒有太多時間從事社交活動，加上五郎有不少弟妹仍在求學，吃、穿、住，都要打理，自由的時間是瑣碎、短暫的。

診所是忙碌的，台大醫科畢業的內科大夫是看大部分內兒、神經、精神科，各式各樣的病情，加上早期四、五十多年代沒有預防注射，所以小兒痲疹、水痘、白喉病人多，破傷風、傷寒、霍亂、肺結核多，寄生蟲疾病以及瘧疾（快要防治成功）。瘧疾研究所及熱帶病研究中心總部就設在屏東（日治時代設立）。當時盤尼西林青黴素是神藥，病患只要發燒、熱病，就會要求注射黴素（抗生素）。五郎先生是遵照醫理，對症醫治，用藥精準，但當時民衆普遍認爲診斷很好，但是用藥太輕。多數民衆偏好速效，但是台大畢業的就是那麼堅持，能症狀治療的，就不隨意開抗生素。

醫生娘知道他的脾氣，有時不免會建議比較強的處方，五郎總是冷冷的回應，這是尊重專業，會跑掉的病患就隨他們吧！我們是懸壺濟世，不是做生意，要教育民衆不需要過多不必要的藥。藥的種類也最好不超過四、五種，多了會產生不良藥物間的交互作用。醫生娘自忖，這麼有原則當然好，但是太固執，又不善於說話，將來可能吃虧。但是也不要求什麼啦！平安就好，能幫的就幫，不合的就隨他們。

「看病當然要馬上有效，發燒就要馬上退熱。五郎怎麼這麼固執。」

「這樣病患會跑掉的，光診斷高明不夠的，要有口碑，有人氣才會旺。」

「夠了，我有空再勸勸，大概也沒用的。口才不溜，開業術不精啊。」

「實在浪費人才。」

娘家的姐妹們看法就不同了，開診所就是要病人多，人氣越大，越有口碑，有名氣才重要。財主女兒們的看法，視野比較寬、比較遠，也有投資經營的觀念。

當時五郎的大學同學，劉醫師是苗栗人，他選擇到潮州開業，當然他是外科，在火車站前面，公路局旁交通便利的位置，開設潮州當時最大的外科醫院。外科與內兒科是合作關係，醫生娘表示既然是同學，又有合作關係，沒什麼問題。當然有另外一間大安外科相距不過五百公尺，有同學之誼、相互合作，也可以相互轉介病患。

結果是外科越開越大，連內科病人也看。反而內科五郎的病患維持原樣，但是他生性樂天，與世無爭，加上可以照顧家庭、鄉親、母親及弟妹。病人多寡並不會影響他，三年的光景，在創業初期就這樣過去。

有一天對門附近國術館的兒子因發燒來就診，經X光檢查診斷爲肺炎，於是決定使用抗生素治療。起初皮膚試驗顯示沒嚴重的過敏反應，於是注射當時的特效藥，盤尼西林，結果病患返家後發生過敏性休克，再抬回診所，五郎見狀施予腎上腺素及類固醇，隨後施予心肺復甦術，然而急救無效，成爲五郎執業以來第一件醫療糾紛。經過一番協調以及私下民事和解、賠償，才結束此糾紛。

然而事情並未因此落幕，國術館仍不斷散播負面形象，加上潮州地區，閩、客之爭，仍有一些發生衝突時，就會挑起族群對立，一些閒言閒語總是免不了的。本來喪失親人是很痛苦、很難接受的。加上國術館也不是一般人可以開設的，雖然診所照常經營，但是氣氛不佳，雖然加油打氣的鎮民也不少。耐著性子，堅強的走自己的路也是可以的，醫療行業就是有不可預期的生死問題，過敏性藥物休克在五十年代（民國四十幾年）是很新的議題，西藥種類變多了，特殊體質會對藥物過敏者大有人在。

「這間病院醫死過人啊，我兒子先前因爲感冒、發燒，打一針，不到一天就死了。還未滿二十歲，夭壽喔。」

「眞的啊！那麼還在這裡繼續開業喔。」

「他以爲這裡好混嗎？客兄，臉皮厚，你們都不要過去看病。我就在這裡天天宣傳。」

這樣的氣氛持續了半年，建功村的鄉親們就建議轉往新埤鄉，全鄉一萬多人，沒有一位正式的醫生，只有一位從佳冬鄉過來兼診的林醫生，每周來兩天，同時也兼衛生所醫生。醫師打算回佳冬鄉去執業，所以新埤鄉沒有醫師，成了無醫村。

在當時全台灣約三、四千人才有一位醫師，所以偏鄉，非城鎭的地方，很少有醫生。人口集中的地方比較有醫療資源。同時五郎也覺得在潮州戲院旁的診所位置也不是很理想，正隔壁是萬里紅酒家，當時是潮州最紅的酒家。小兒子也常去萬里紅找同年的小女生玩耍，連孟母都三遷，就怕眼前環境對幼幼班的兒子不是很適合。

剛好有位高雄中學的舊識李醫師，他也到日本留學，是京都帝大畢業，娶了日本老婆。

他是萬丹鄉的望族，家大業大，所以日本老婆願意來台灣。五郎君在名古屋曾有初戀是家教學生的姐姐，名古屋人，但是五郎家業不夠大，因此感情就無法走下去。李醫師不想在萬丹落腳，選擇到四公里外的潮州，潮州人口比萬丹多了四倍，屏東鄉的第二大城市，所以很自然地五郎君就把診所頂讓給李醫師。

後來李醫師將萬里紅酒家購入，蓋了醫院以及有游泳池的當地豪宅，也一直開業到他過世。萬丹當時已經有一家名氣響亮的張老醫師的萬丹醫院，所以李醫師就選擇在潮州發展。

五郎君於是回到家鄉新埤，開設建功醫院，因爲老家在建功村，因此命名，更能提高鄉親的認同與親和力，尤其是傳統六堆的客家庄。

五郎從台大畢業後的前十年，在三個不同地方服務，最後落腳在自己的故鄉，他不喜歡都市的複雜人際關係，純樸的是五十年代的客家庄是他的理想懸壺濟世的地方，這點醫師娘有不同的期待。

「喔，回家鄉也好，也該回鄉服務了，菊子，你會委屈回新埤嗎？我們找一塊地大一點的，重新蓋病院，按照我們的想法與計畫。」

「是啊！潮州那個診所太難發揮。我要有一個花園，我可以設計庭園。」醫生娘臉上堆了燦爛的笑容，還是很天眞的期盼，有夢踏實。

醫師娘出生於大地主，商行的望族，意識形態與人生觀喜歡繁華熱鬧的人生，有許多社交活動，追求時尚，這些被上層生活圈認同爲有class階級，有品味的精緻生活。但是她心裡不喜歡穿梭於上流社會，畢竟社會各界寬廣得很，有錢有勢，財力雄厚的人很多，大多現實、勢力。她常掛在嘴邊的話就是做事、穿著、生活要有自己的風格（style）。

當女人愛她男人時，是很願意犧牲奉獻她的愛，去成全夫君實現理想。

醫師娘在日本求學時有一些生活的理想，屏東就已經不是大城市，後來又搬到潮州，最後到夫君家鄉的新埤定居，就與她的志趣不同，但爲了愛情、家庭做了很大的犧牲，假若不是這麼愛這男人，她還有更多更好的選擇。可是大商行、財主、其他醫生，就沒有一位有五郎的男性魄力，高學歷、英挺帥氣、老實敦厚，沒有花邊新聞，喜歡文學、音樂。唯一的缺點，就是單純，不善於交際關係，不精明練達。

世人沒有十全十美的，最重要的是五郎君深愛著她，水瓶座的他有一顆靦腆又浪漫的心，是深藏的羅曼蒂克，是慢慢釋放激情。書信中的詩是最讓醫生娘動容的，有時候筆尖的糖衣比巧克力的濃純，更持久，雋永迷人，甚至穿越時空，烙印在心靈深處，一生一世。

愛上了五郎，年輕時的理想就為愛昇華了。相夫教子到那裡都是既辛苦又甜蜜的。所以決定了就在新埤建設建功醫院，為鄉里服務。

✽

醫生娘設計好了花園的藍圖，在近三百坪的土地上施作了一個全鄉最美麗的住宅花園，在前院種植了很多樹木，磚牆旁有李子樹、變色木、木麻黃，正門口的鐵門上有個半圓弧形的九重葛。後院中央有一口井，有六十坪大的花園分成四區，西南角有一個魚池，魚池種了荷花，養了錦鯉，魚池旁有一個她親手做的水泥燈座（日式庭園石燈籠）。

「你那個石燈籠怎麼做，尺寸大小多少？我們都沒看過。」

「我畫個圖給你們看，尺寸大概像我小兒子一樣高。」

「我們一起做，再一面修正。」

「做這個什麼用很奇怪？」鄉下泥水匠滿臉疑問。

「人家醫生娘留日回來的，你土包子，這叫庭園設計，懂嗎？」

水泥師傅沒見過，也沒有現成貨可買，所以醫生娘手作，也是相當精美，鄉下人沒見過都覺得很新鮮，尤其晚上點上燈，加上天上星空，上下輝映。中央部分種植大麗花、波斯菊、雞冠花，西側是玫瑰花區，靠近診所是桂花、含笑花等香花區，另外側廂房廚房餐廳前種植菊花、太陽花、曇花。

醫生娘吃飯時喜歡看著花園，一面賞花一面吃飯，慢慢吃。花園側邊有一座水塔，用馬達抽取地下水儲存用的，上層有各種石子，沙子及棕櫚葉層層疊構地濾水裝置，水塔旁是蘭花棚，有紗網搭乘的蘭花園，有半遮蔭的效果，以卡多利亞蘭爲主。

有些病患看診前會到花園看看，但醫生娘嚴禁他們採花，若有人結婚臨時需要，要先跟醫生娘商量，可以送一些花給新娘。當時全村莊沒有一家花店，必須到潮州。

有一些沒看診的村民會過來要一些指甲花，他們摘下花瓣，搗碎後塗在發紅的甲溝炎上，有退紅消腫的功效，其實指甲花，日日春植物上有生物鹼，是一種藥用植物。村裡的人都知道醫生娘的花園跟醫生娘一樣，美麗易親近。

其實剛開始，有一些花是從五郎的祖父處移植過來的，他老人家在建功也有一座花園以及果園。大部分的村民把花種在花盆裡，有大塊土地種花的人不多。鄉下人很實際，有地就會種菜，有經濟價值，不會種花。校園裡也是種滿了樹木，也很少種花，沒有園丁也不好管理。

五郎的診所，曾經請日本的設計師設計，後來因爲經費不足，就自行參照行錄，看看別家的診所。外牆是洗石子，一層樓建築，自行設計大門入口處的等候區可以停放腳踏車、機車，室外還有一座木製六尺長的有靠背的木椅，室內有兩條候診長木椅。診所內治療區有一個躺床，診療理學檢查用，也可以做小手術臺。診療區很明亮且開放，有一個配藥、發藥與準備注射的藥局，另有一間爲配合結育用的婦科手術臺。政府的政策是兩個小孩恰恰好，因爲戰後嬰兒潮，每家五、六個小孩很多，所以鼓勵結紮。一間主臥室、兩間小孩房、一間會客室與一間大書房。廚房、浴室、廁所則獨立在側廂房不同出入門。在主建築側邊有兩間房間作爲小孩遊戲與堆放工具、農用肥料用途，也可做客房用。

這些設備在民國四、五十年代是鄉下診所很不錯的設備了。五郎是全科醫生，什麼小病都要看，大病是要轉送屏東醫院或高雄醫學院。

診所的病人每天約二、三十位，再加上到宅往診，五郎君同時兼任新埤鄉衛生所所長，也是主任醫師，管理四位護士，其中一位兼接生工作，即俗稱的產婆。其他衛生保健業務，視力檢查、砂眼防治、牙齒蛀牙保健、節育計劃、寄生蟲、治療頭蝨；防疫方面注射麻疹疫苗（尚未有三合一疫苗），打卡介苗以及種牛痘，瘧蚊防治，小學生常規體檢都是衛生所的工作，另外還有門診業務。因爲在家鄉服務，所以也不覺得太繁重，但是建功醫院的業務就必須依賴醫生娘來安排。衛生所工作是上午，其他時間就在家裡開業。有一位藥局生住宿在醫院幫忙消毒、配藥、整理。

有小手術時醫生娘當助手，準備消毒治療外科小器械，羊腸縫合線穿入縫針上備用。有的比較細緻的縫合及最後包紮就由醫生娘完成。有時候病患在短時間湧入，又恰好有大一點的複雜性車禍，或農田鐮刀的傷口需要縫合。五郎分身乏術，會建議病患到十公里外的潮州外科處理。但是醫生娘常自告奮勇，她挺身而出，自己獨自完成，也獲得鄉親的肯定。

以當下的醫療制度而言，是學徒制的外科專科護理師，具有外科臨床的基本知識，例如清創、無菌觀念、消毒、止痛麻醉注射，層層肌肉層、皮下層的縫合，無死腔空間，或許需要埋入引流管或引流紗布等等，醫生娘都駕輕就熟。所以有些鄉親反而喜歡找醫生娘來處理外科。似乎傷口癒合比較整齊，有不規則傷口的清創做的工比較細，縫合線也會選細一點的。

有的鄉親會誇讚五郎醫生有這麼美麗、親民的助手。更遑論五郎醫生忙不過來時，醫生娘的收費也比較親民，鄉親誇讚她外科做得好收費也會少一點。

她之前說不是醫生親手處理的，所以收費不同啦。都是鄉親，五郎也不在意。

但是偶爾也會有點脾氣，因爲建功醫院是內兒科，其實是全科醫院，但是只有一人醫師的診所，所以醫生娘多做一些外科的業務，五郎君是有意見的，因爲主要是該做第一線應急的醫治，其餘應該後送到規模比較大，設備更完善的醫院，有開刀房、麻醉師等等。

醫生娘是熱心、認眞、勤勞、有興趣，但無奈她沒有學醫，只是鄉下開業醫的助手、賢內助。四、五十年代的醫療在台灣仍未上軌道，要說落後也可以。醫生娘的二姐，嫁給在屏東糖廠上班的黃先生，後來調職到台東，任職廠長，桂子育有二男二女，所以她接受短期藥劑生訓練後，在台東市開設藥局。（台灣光復初期有藥劑生，及醫師的短期訓練，後者為國軍中的醫護衛生軍佐加以兩到三年國防醫學院的特訓，退役後授予醫師資格，是特訓醫師，俗稱總統牌。）

二姐在台東市更生路的藥局，病患不少，因爲當地診所不多，又缺乏大型醫院，許多民眾習慣到藥局就醫。當時成藥種類也不多，所以藥劑生可以自行調劑，甚至注射一般止痛、退熱、流鼻水的藥物。原住民稱她爲「先生」，在日文中類似醫生的稱謂。在五、六十年代的台東醫療設備相當缺乏，所以藥局是當時最基層的醫療，如同產婆（接生婦）一樣受民衆的尊敬。

醫生娘自然認爲她在夫君專業指導下，從事醫療工作。不僅小外科沒問題，其餘的內兒科部分，簡單的傷風、感冒、過敏頭痛、腸胃不適、手腳酸痛等小病配藥都可以，有些民衆偏好找醫生娘拿藥。

因爲她會多放一些合利他命，感冒病患注射葡萄糖加上綜合維生素 B 群或 C，病患覺得這種處理比較見效。是以病患爲中心，或是開業術，或是關懷？或許因人而異，五郎有時會說她一下，非必要的藥少開立。但民衆挺醫生娘，這也是事實。

醫生娘有時覺得五郎君台大畢業卻在偏鄉服務，明明醫術很好卻龜縮在小地方。假若學問普普也就算了，但是明明一表人才相貌堂堂，實在不甘心只在故鄉，有機會應該往都市發展，娘家的姐妹也是如此勸進。

回鄉開業的第三年，在南港開設資生醫院的表叔因家業大，同時也在台北市經營省都旅社，於是商請五郎到南港任醫院院長。資生醫院是四層樓，有內外科部、手術房，約有十間病室。資生醫院是當時南港站規模比較大的綜合醫院，其他都是診所。醫生娘馬上勸五郎把握機會，南港離松山、台北很近，他留日的同學也都在台北，不會困在鄉下沒什麼社交圈。

五郎是疼愛妻子好呢？或是在家鄉陪伴老母、栽培弟妹們？他畢竟有家累，全家的經濟重擔在他身上。到底上台北，還是留下屏東的偏鄉呢？

當時大女兒就讀初中二年級，長子念國小六年級，小兒子念國小二年級，長子雖然功課好，但是有升學壓力，若舉家前往台北，那麼家庭如何安置，建功醫院該頂讓出去嗎？有誰會接偏鄉的診所？

大家庭聽從母親的，或是小家庭聽從媳婦的。

醫生娘嚮往都會區的意志很強，五郎選了折衷方案，先到南港做兩年看看，眞是很適合的話，再舉家北遷，若不適合再回新埤定居。算起來五郎畢業後的十年內，天馬星驛動，執業處一換再換，是個性呢？或是命運如此？成就重要還是家庭重要？

後來決定到南港發展，任職資生醫院院長。幼子在火車上一路掉眼淚到南港，他不喜歡離開新埤國小的同學，也捨不得新埤的新家，不僅有花園、有果園，還有小貓和小狗，媽媽沒保證南港有這些。他討厭這部列車駛離故鄉，而且駛出山洞時車廂裡吹過的火車煤灰很髒，沒有空調設備不方便關上窗子。

資生醫院是新穎的四層樓建物，右邊又是一間酒家，離大部分同學住的街道還有一段距離，所以放學後很少跟同學遊戲，只能到衛生所，所長的兒子是他唯一合得來的同學。沒事只好溜到隔壁，實在是太無聊才會過去，那裡全是大人，不好玩。

在酒家聽大人彈吉他，那昏暗、眩暈的紅色，慵懶頹廢的男女。有時到頂樓去摸外科的器械，自己玩一個人的家家酒，幻想鋸斷病人的腿。一個小孩子在醫院裡當自己的家，又沒玩伴。只好拿起畫本畫貓頭鷹，至少有兩個大眼睛看著他。

五郎的醫術沒問題，但管理外科人士，不是他擅長的，所以經營一年，績效平平。家庭事業兩頭忙是不容易的事，加上他本來就勉強答應此職務，最後就看醫生娘的態度了。醫生娘也覺得經營一個綜合醫院不是那麼簡單，加上醫院又不是自己的，待遇也沒預期理想。社交圈也只是她一時浪漫的想法，加上長女、長子都進入青春期，有首尾無法相顧之虞。

此時她明瞭五郎君的木訥個性，不是經營事業的長材，回故里服務鄉親才是正確的，理想不得強求，順其自然才是幸福之道。命運其實安排了一條路，每個人都有自己的路，能不能找到最適合的路，又能否安時順處，眞正滿足於自己的命運呢？如何演繹自己的角色或劇本？每個人不是都很特別嗎？或者其實不然，每個人都差不多，只是惜緣、惜福、認命、認份而已。什麼是幸福，又如何定義幸福？或許很多人明明人在福中不知福？

人的問題，就是總想比別人有錢、有權、有成就、有美貌才藝，身分地位名聲居上流社會圈。什麼是比較？自信心不足或超越的優越感。

適才適所，有現實的問題，不只是理想，命運也會安排，有人說逆勢而爲，也是事在人爲。所以正確做決定，跟對人會影響一輩子人生。但是平平凡凡，比庸庸碌碌好一些，差別也不是太大，但是單調平靜的田園生活，對比活潑有趣的大都市，大時代戰後變遷，處處都是機會，又該把握什麼呢？事業或家庭，這對三十六歲的五郎，是人生重大的選擇。

或許是成長的環境變化太大，二戰期間五郎的父親正值壯年，在教育界正紅的時候因傷寒、腸出血去世。當時五郎人在名古屋進修醫學。回國學成畢業後，仍需扛家庭重擔，有許多弟妹以及父親側室的弟妹需要照顧。不僅是金錢，經濟上他肩負了長兄代父的責任。他一向做得很好，不偏私，公平正義都兼顧了。

所以客觀現實沒有給他太多的理想，遠離家鄉到都市發展變得很遙遠。醫生娘漸漸也了解夫君的困難與牽掛。放棄了他原本想在都會區發展的理想，藉在南港行醫的一年，重新規劃生涯，那就是回家鄉「懸壺濟世」，那個牌匾是醫師娘的父親給五郎開業祝賀之禮。

回鄉，回故鄉是熟悉，安全又踏實的路。

第五章

鄉下客家庄習俗

六堆的客家習俗是差不多的，節慶也一樣，很多跟隔壁潮州、林邊鄉的閩南風俗沒明顯差異。宗教信仰上，客家庄供俸主神以釋迦牟尼佛，以及地方色彩的三山國王廟為主，三山國王為客家人三次大遷徙的守護神。閩南、福佬人以媽祖為主要的信仰中心，其餘和道家拜玉皇大帝、天帝釋的民俗信仰是大同小異的。初一十五，做牙（打牙祭）、做福與完福的鄉鎮大拜拜、流水宴席是相同的。

醫師娘是不可知論者，因為五郎醫生受西方教育影響，所以沒特別宗教信仰，只能說是部分跟著習俗走，但不投入，或說她不迷信也可以。但是醫生娘的婆婆是民間信仰派，主張所有的宗教節慶都該跟著習俗走，尤其是七月十五盂蘭盆節的全村路祭，所以醫生娘也不得不跟著風俗走。

醫生娘參與了幾年後就不積極參與，藉口醫院忙，無暇參與宗教活動，因此與婆婆不合。不信教的人，如同西方人的異端，不同宗教信仰者，全被老一輩的人嘮叨，會有報應，背祖忘本是多大的帽子，直接扣下來。

「這個婦人家不信神明，以後會有報應，就是講不聽。」婆婆口氣蠻重的。

「好了，少說兩句，人家是信樂教的，自由選擇。」客家人稱基督教為樂教。

其實這只是婆媳問題的開端，主要是五郎的家累大，加上大妹婿早年雖然經營小吃店但喜歡打麻將，多有負債，找五郎借錢。醫生娘不鼓勵這種賭債，不主張替親戚還債。但大姑與婆婆聯手下，兩張嘴對戰一張嘴，爲小事不合，五郎常被夾成三明治，這也是身爲長兄的困難。

但也因爲五郎堅持拒絕金援，妹婿最後戒賭，因賭債關進牢房出獄後，他專心在石光見村的小食堂經營小本生意。但是醫生娘在家族裡就被少數人怨恨在心。

五郎的小弟是遺腹子，仍在念小學。大弟爲體育資優生，入選潮州中學的縣運田徑代表，但因家境問題未繼續升學，後來溝通後，即使體育教練提供獎學金，也未能挽回他倔強的心。又有一弟一妹，爲同父異母，兄妹也需要五郎的照顧。另外仍有高壽的祖父也需要五郎的醫治。五郎是家族的中心人物，因爲他比較傑出，負責善良，沒有丟下他們，努力一肩扛起。但他是不愛說話的人，所以醫生娘成了管理中心，會計室主任。兄弟姐妹的學費、生活費、學校便當都是她經手處理。這個大嫂是受人尊敬的，她作風明快，不偏私。

但醫生娘孝順，她母親有慢性肺結核和氣管炎，身體不好，比較常到女婿家小住幾天養病。當時鄉下人對於岳母住在家裡較長時間，都會傳出閒話來，因爲是封閉的鄉下。在國外岳母一起過來住是很平常的，可鄉下就會有閒言說醫生娘對娘家比較好。

難得親戚中有人當醫生，所以豐田村，醫生娘的親戚都比較常過來看病，順便吃飯，拿藥回家，都沒有付費，說不收費是另一回事，但禮多人不怪，至少表示一下客氣。

醫生娘出身望族，仕紳是有社經地位的，雖不是所謂的上流社會，但多少會在意相互交往的身分。換言之是比較勢利些，孔子曰：「無友不如己者。」喜歡來往地位相近的人。醫生娘本人還好，她親和力好，喜歡助人，所以不喜歡八卦的事，不太表示意見。

但有時耳根子軟，仍會被影響。尤其是說話者，利用甜言蜜語在巴結的時候，她會覺得聽起來有道理，隨和好呢？還是隨俗？尤其五郎君過年時常與鄉下人一同打麻將，這點她不能認同，起碼他的社經地位也要顧顏面。

鄉下人有人情味，但鄉下八卦流言也不少，東家長西家短，跟眷村文化也類似，話傳得很快。但地域觀念的人是有的，例如六堆文化中，新埤鄉佳冬鄉居於左堆，俗稱「下背」，內埔爲中堆，竹田鄉爲中堆，萬巒鄉爲先鋒堆，俗稱「上背」，這是客家先民開墾組成的自衛團練，對抗外來侵犯包括原住民、福佬人及日軍。

鄉間語言口音稍有不同，尤其是捲舌音部分，上背的人口比較多，也比較強勢些。但絕大多數先民都來自廣東梅縣，同樣的喜慶婚姻情事，上背與下背的情侶也會受到封閉習俗的閒言閒語。這點全世界大概都類似。醫生娘來自上背的內埔，與下背的新埤鄉親交往上會有不同的親和力，這需要一段時間。醫生娘融入很快，她像南丁格爾，受傷的人會自動前來。

人生中最無法避免的事情就是宗教跟風俗習慣。人是群居動物，必須有一定的行爲法則與公序良俗來維持和平安康。農業社會是大家庭爲單位，宗教活動爲生活重心，族長的話有份量，長子、長孫也有封建的優勢。現在是工業社會，一個人爲單位，就連家庭的向心力都變質了，遑論家族的批評、輿論或支持。

醫生娘認爲開設診所醫院是科學昌明的年代，西方思想爲主才對，所以她對宗教，尤其是道教的各種儀式，如乩童、過神轎底、過火石、畫符咒等她極不贊成。而五郎君則不置可否，有沒有都可以，給醫生娘很大的自由度，但婆婆可不這麼想。她是非常虔誠的道教，民間信仰者，另外兩位媳婦也聽婆婆的，所以閒言閒語總是有的，還好醫生娘育有兩男一女，否則可能有更多的閒語。

五郎給醫生娘絕對的自由，有空就跟俗，沒空不跟習俗也可以。

在潮州開業的時候，明治橋旁有一間蠻大的天主堂，當時初到潮州，是閩客相容的城鎮，在大陸廣東也有潮州，那邊的先民到台灣後，延續祖籍地名。醫生娘會到天主堂去慕道親近，但是後來一方面忙碌，一方面她也不太認爲信耶穌得永生。她不喜歡教條式的說法，她是實證主義的。

我們每個人都是罪人，都有原罪，世界上義人太少，耶穌被釘十字架，替信徒救贖。她不理解殉教，殉道在西方人的心靈與信仰影響有多重大，啟示耶穌死後復活的見證。

她覺得天主堂很好，氣氛很祥和，但要她受洗這件事，她很有壓力，加上家族沒有人是基督徒，她也不敢開先例。但最後她的大姐及么妹都信奉基督徒，大姐信奉的是眞耶穌教會。

醫生娘不喜歡激進的信仰方式，有沒有神，永生不是她關切的議題，她比較在乎人與人的大愛互動。她認爲宗教勸人爲善，多支持關懷，少批評不是很好嗎？她一直尋求這種團體，但很難如願。她覺得多數宗教團體都會標籤化，輸誠，絕對只相信一位神。

所以在潮州天主堂的慕道時間不長，約兩、三年就搬到新埤村了。到了新埤又有一間天主堂，鄉下人少，且信奉道教的人最多，廣義的釋、道、儒混合，以及三山國王廟爲主的民間信仰村民最多。所以修女就常常到醫院來找醫生娘，邀約過去參加慕會禮拜活動，都是吃過晚餐後的活動，以幻燈片爲主，介紹耶穌的行誼。當然也有美援的奶粉，卡片可以分享，很溫馨。醫生娘喜歡參加天主堂，禮拜堂的活動，但是沒決心受洗，她仍然是懷疑論，不可知論者。

在新埤鄉的建功村有一座高恩寺，台灣二戰後在光復年間興建的佛寺、菜堂。首任管理者（住持）爲碧圓居士，是五郎醫生的叔公蓋的佛堂。種滿了蓮霧樹，非常幽靜。

醫生娘偶爾會過去走動，但她俗事很忙，加上佛堂是靜修、誦經爲主，主神供奉釋迦牟尼佛。早年沒有住持方丈主持弘法，但有不少比丘尼，看破紅塵，結伴修行，碧圓居士是無爲而治、自在自爲。醫生娘與五郎的祖父親近，大概都是談花樹園藝的事，沒有任何宗教的交流。偶爾帶小孩過去沐浴清淨的佛光，沉靜在寧靜的氣氛。

「請問居士，如何才能親近佛法？」醫生娘虔誠問道。

「信奉宗教、慕道、受洗、皈依都需要緣分俱足，才會水到渠成。有的人受家族影響，有的人是人生起落，心靈療傷，有人到異地受到信徒照顧感召，有人是工作升遷，職場需要。」碧圓居士接著說。

「有人是人生歷練到成熟階段，有人從科學的奧妙走入宗教的懷抱。最後是人生走到了盡頭，面臨生死之無可奈何，尋求心靈的慰藉，這就是佛緣。」

「佛緣跟累世修行有關，慢慢來，到時就知道了。」

「感恩，阿彌陀佛！」

大致上生活平順的人，比較不會有宗教上的需要，醫生娘日子過得充實忙碌，所以沒有時間去思考宗教。等到後來想認眞修行時已經是人生遲暮之時。是佛緣不俱足，或是俗世牽掛太多，塵緣仍未央。

第六章

五十年代的
台灣六堆客家鄉醫療

民國三十五年是戰後嬰兒潮的開始，每個家庭都有好多孩子，可以組織一個籃球隊甚至足球隊。首先面臨的醫療問題是醫生很少，大概兩、三千人口才有一位醫生，偏鄉的密度又更少。新生兒夭折率高，中老年人中風或心肌梗塞是一下子，沒半天就走了。感染症特別多，痲疹、百日咳、白喉、水痘、破傷風感染是常態，因為沒有疫苗預防注射，是當時十大死因的前幾名，傷寒、霍亂的流行也常上新聞版面。瘧疾當時已進尾聲，因爲日治時代有相當的公衛政策，用ＤＤＴ噴灑來滅蚊。

當時的特色是感染症多，癌症及代謝性疾病少。因爲平均壽命不到五十歲，所以不是癌症好發的年齡，其次也沒有特效藥，所以外科手術權威成了救命關鍵，尤其是子宮頸癌及胃癌的手術，手術開得好病患就存活下來，所以有聖手、國手稱號。

當時最有名的藥就是抗生素，革蘭氏陽性用的是青黴素，革蘭氏陰性菌有鏈黴素及康納黴素，另外還有磺胺類藥物、鹽酸四環素（四環黴素）氯黴素。氯黴素最廣效可以治療腦膜炎、霍亂、傷寒、厭氧菌感染，是最廣效的抗生素，也是當時細菌性腦膜炎的第一選擇，與青黴素齊名。所以很多村民到醫院看病，就希望醫生給他打一針黴素，才會心滿意足的回家，有時遇到高燒不退、昏迷亂語的病人，打完黴素後就奇蹟似康復，像仙丹一樣。

如同後來的類固醇可以止痛、退熱一般，俗稱美國仙丹。當時美國的製藥業從二戰後取代德國成為世界第一，其中又接收到大日本帝國在中國東北進行的人類活體細菌實驗的第一手珍貴臨床資料，為新藥實驗向前邁進了一大步。在當時日本醫學因為承襲德國體制，是非常先進的。

當時氯黴素使用普及，造成了二、三十年再生不良性貧血，骨髓無法造血的濫觴。直到民國七十年後，除了腦膜炎和極難治性傷寒外禁止使用。

小診所林立

當時診所很少，所以診所及醫院的名稱混淆使用，依然診所也稱為醫院。可能是承襲日治，醫療院所稱為「病院」，衛生院就是衛生局，綜合醫院則為有內、外、婦兒的醫院，而內科與兒科不分科，或統稱內兒科。所以在鄉下，內兒科診所同樣整治新生兒。沒有急診及加護病房，在鄉下若三更半夜發燒、肚子痛，就只好敲診所的大門。因為醫生也不想設門鈴，沒有醫生願意半夜被吵醒。

「醫生！救人啊！」半夜怦怦聲響。

五郎哥，村人常這樣稱呼他，常常半夜得起床，來救治病人，有時正酣睡之時也必須起床，醫生娘有時也需要一起幫忙打針。有時遇到白天很少來看病，通常喜歡到十公里外的潮州就醫，但夜晚生病就近找五郎哥看病。醫生娘會勸五郎，算了！別計較，病患有難，在潮州他們半夜不看病的，給鄉親幫個手，改天他知道你很會治病，就不會去潮州了。鄉下人有個評論，五郎醫術好，診斷正確，就是用藥太少、太輕，不會馬上退燒。

退熱藥與止痛藥是會傷胃、傷腎的，尤其當時退燒神藥 sulpyrine 有可能發生嚴重過敏反應，白血球低下，不宜常用或長期使用。安全性很重要，但是有些村人迷信特效藥，這也是人性。忠言逆耳，怎麼教育都很難。

通常藥丸、藥粉混合包成一次一包粉，按三餐飯前或飯後服用，紅色紙包裝的是半夜或特別高燒，超過三十八度C服用的，當時的退熱藥是粉末，劑量需用砝碼來秤重，依體重給予。胃藥多半是小蘇打粉，也是秤重的，phenacetin 是普拿疼的前趨化學藥物，也是粉末。有人嫌苦，不好吞服，於是另外用糯米紙包藥方便服用。

咳嗽藥水是原汁，需稀釋五倍，所以必須加入蒸餾水，或煮沸過的水。因為看到醫生娘用白水稀釋藥水就賣錢，所以當時順口溜是「第一賣冰，第二做醫生」。其實鄉下人不知道，賣肥料更好，化工業後來被成衣業取代。

到家往診是鄉下醫生的特色

那年代交通工具不發達，只有腳踏車，沒有摩托車，有少數騎機器腳踏車，民眾就醫很不方便，尤其是重病，癱瘓中風及年老體衰者，醫生需要出外往診。五郎醫生騎車（後來有摩托車）戴了一個黑色大皮包，裝有急救藥，如腎上腺素、胰島素、氣喘注射劑、利尿劑、降血壓藥、止痛藥，小外科傷口包紮、解毒用藥，以及一個傳統血壓器、手電筒，往診目的不外乎急診、急救，或鑑定病患死亡。若遇到重大腦中風、心臟衰竭等則後送省立屏東醫院或高雄醫學院住院治療，往診到病患家裡是偏鄉醫療關懷的愛心，便民的善行。病家會在家門口放上椅子，擺一個臉盆清冰，和一條全新的毛巾，給醫生洗手用。然後跟隨醫生回診所拿藥，對醫生非常尊敬。

有時候是外傷病患或較嚴重需要延長處理的病患，又無法用腳踏車載病患上路。新埤鄉幅員大，十平方公里，所以有些病患是利用三輪手推車載送病患到醫院就醫，三輪板車上鋪上墊（棉）被子。往往五郎的醫院前面常常停了很多三輪車、腳踏車，尤其是傍晚四點到七點最忙。

到家鑑定死亡也是重要的工作，不少老人是半夜中過世，所以需要鄉下醫生到喪家做死亡的鑑定，排除有外傷、他殺、下毒的可能。當然幾乎都是自然死亡，有些是已知中風和心肺衰竭的病人。出具死亡診斷後，就可以到戶政科登記，辦理後事，就是鄉下醫生也要兼任法醫的工作。

五、六十年代的鄉村，非常純樸，重病者醫藥費太貴，負擔不起，所以在家執行臨終照顧是常態，鄰居和親戚會過來幫忙，很少送到都市醫院住院一、兩個月的。當時治療血癌是需要賣房子、田產來治療，就連輸血都需要跟血牛購血。當時連勞工保險都沒有，所以一切順其自然，量力而爲。假若病患正值壯年，罹患重病，若是癌症就放棄了，若是胃穿孔、大出血，需要手術，就拜託親朋好友幫忙籌錢。有些醫院可以賒帳，有些必須繳交保證金，繳不出保證金也是無可奈何的事。曾經有東港鎮過來的病患，因爲喉嚨長腫塊被大醫院診斷爲癌症，又沒錢可以手術，聽說五郎是台大畢業的醫術高明，所以遠道請了人力三輪車過來就醫，結果是頸部淋巴腺結核菌感染，打了鏈黴素及服用結核藥INAH，神奇的痊癒了。後來東港過來的病患大多是頸部疾病的患者，那時診斷依賴醫生的臨床經驗。

七十年代以後就開始有了變化，公、勞、農保開辦，就醫行爲也開始轉變。新埤鄉幅員大，有時五郎要涉水（東港溪源頭）到箕湖村往診，萬隆村、南岸村也有點距離。但五郎也沒什麼怨言，就是默默的做，是責任感，做好內心比較踏實，仁心仁術的期許應該是鞭策他往前走的原因。

後來五郎被任命爲屏東縣衛生局長，全屏東縣的衛生所他都走透透，知道屏東縣基層醫療概況者。

由小診所就醫轉往有公、勞保的綜合醫院或較大型醫院是後來的趨勢，民衆相信甚至迷信各種先進儀器的影像及抽血檢驗檢查。人壽保險開始普遍化，所以常常要開立診斷書來辦理保險。另外鄉下也開始有了醫療糾紛，有些重病者請醫生往診，結果病情嚴重，時間緊迫下執行第一時間處理，打了一針藥後病患一命歸西。大家都知道病重了，家屬是知道道理的，沒多說話。但是住城市的兒子回來後就提出醫療過失賠償。大部分是喪葬補助，私下和解。鄉下人的純樸隨著工業化，鄉情淡薄，純樸逐漸消退了。

小鄉村的密醫以及國術館民俗醫療

醫療資源不足，加上經濟問題形成就醫習慣先到藥房拿藥，等病情變嚴重時再到醫院就醫。有時候還會有親友團建議先去他們熟識的無照密醫。五、六十年代鄉下有不少的密醫，密醫有很多種，定義上沒有醫師執照，進行醫療行爲，如處方藥、注射針劑、執行手術都屬於密醫行爲。

實際上密醫大部分是醫院、診所培養出來的義務助理，如外科醫院的男助理，或是幫忙包藥的藥局生，他們大部分沒有受過正統的醫療訓練，沒有證照，但是他們有一些臨床經驗，所以小傷口、感冒、拉肚子、過敏等小病他們會處理。有些密醫更大膽，會租用老醫師的執照，進行更大的醫療行爲，草菅人命事件不少，但他們就是有辦法擺平糾紛。

另外就是西藥房，依規定藥劑生（非藥劑師）沒有調劑權，只能販售非處方藥，安全性高，不需醫師指示，如普拿疼、胃藥、胃散、拉肚子的藥。但是若病患找上門要求打針，藥房人員將病患領入內室，拉下簾子，施打退熱、抗生素、抗過敏藥物等，就是密醫行爲。而查緝的衛生機關人員，屬於衛生局第三科，他們編制少，無法掌握全縣幾百件的密醫地點。

五郎對密醫持包容的態度，這點醫生娘很不認同，這是很少數他們意見不同的地方，其餘的醫生娘都會讓步，五郎的看法是偏遠醫療資源不足，古時候走江湖的郎中也是如此，也幫忙改善一些人的症狀，也是一種供需問題，兩相同意，要不然晚上急診個案會更多、更累人，密醫分擔部分量能，等到醫藥普及之後再嚴加取締。

鄰鄉有人知道五郎很會治病，就有密醫借小病常到醫院看病，學習五郎的問診及處理，他知道五郎喜歡下圍棋，所以就在醫院待上半天，一邊下棋，一邊偷學如何看病。沒事就到醫院來下棋，甚至從早上九點待到中午都不離開，五郎又不好意思下逐客令，只好留他下來共進午餐。這一回惹到醫生娘，事後聲明不准留這種有心機的人。醫生娘告訴五郎，他要當密醫可以去別的地方學。萬一他說是照你的方法治病，醫死病人豈不糾纏不清，這回五郎聽進去了，這插曲就落幕了。

五郎醫生太寂寞了，村子裡沒有幾個人可以聊天，就幾個同學在鄉公所服務而已，他們棋藝不高，只是初段，潮州鎮人多高手會多些。後來他最常下棋的對象是隔壁碾米廠的曾先生，他不僅會下棋，還精通五行奇門異術，法術等等。他膝下無兒子，娶了側室，仍然沒兒子，他城府很深，老謀深算又精通風水地理，是絕對不能得罪的地方人士！何況全鄉一半的米都到他的碾米廠。後來五郎的車禍意外，有村民認爲是他做的法術，在一次翻土時，發現有人埋了小布偶在兩家的牆邊，歸因多年前土地的劃分，五郎抽籤分到比較好的那一塊地。

國術館與鑲牙師

國術館也是鄉下醫療的特色，在農忙時代很多農民拉傷筋骨、跌倒損傷，甚至骨折，第一個會就醫的地方就是國術館。國術館的招牌很顯眼，門口立了一把大關刀，或是一隻長茅槍，另外再掛上一個紅底黑圓在中心的狗皮膏藥標誌，招牌寫著某某國術館。其實國術館的經營者不一定會國術，也不屬於任何武林宗派，主要是經營膏藥的買賣，有的兼營草藥、黑藥丸（含類固醇）、接骨推拿（俗稱拳頭師）。接骨院會立招牌，對於肩膀脫臼推拿整脊，發揚中華文化的傳統，在一般鄉下有其根深蒂固的影響。但在國外要有整脊師的牌照，否則是違法職業。

青草藥店就不同了，他們販售有醫療作用的青草，如金線蓮、八角蓮、白花蛇舌草可以用來治療腫瘍、抗發炎的作用。目前有些中醫或草藥師仍有共同之處，只是中醫師遵循藥理、藥典之經驗配方，青草師是祖傳的。

當然有些國術館會擴大服務項目，屬於醫療的就是違法，但一般民衆覺得方便，症狀能改善就好。

新埤鄉同樣有一些國術館，但都是閩南人過來開設，客家人很罕見開國術館，也不明原因，或許不崇尚武術，所以跌打傷痛比較少。五郎的態度很清楚，井水不犯河水，相安無事就好。後來他就任衛生局長時也是如此，假若民衆需要，只要督導其行爲範圍即可，這是千年來的行業，也有其民俗的方便性、親民性。但醫生娘看法不同，她覺得狗皮膏藥不好聞，又不乾淨。因爲有些病患的傷口，先到國術館處理，後來發炎，傷口潰瘍再到醫院清創處理時，變得很噁心。

鄉下的鑲牙師是很普遍的，五十年代沒什麼根管治療、植牙，最常見的是蛀牙、鑲牙、拔牙。牙齒不行就拔牙最快，拔光了，就裝假牙，假牙都以金的爲主，滿口金牙在鄉下是有錢的象徵。又因爲有執照的牙醫師也是需要委託鑲牙師依照齒模做假牙，所以齒模師父就搖身一變，成了鑲牙師。鄉下人傳言很快，他們認出那位齒模師最忙碌，鐵定他的技術最好，就乾脆找他做牙齒，除非牙根拔不乾淨必須找牙醫外，他們會找鑲牙師，費用會便宜許多。當然齒模師父仍需要與牙醫合作，只是他們可以兼職賺外快，有的則變爲正職了。

五郎的牙齒有一部分也是鑲牙師做的，在鄉里變成活招牌，連醫生都過來找鑲牙師，這頭醫生娘沒話說了，但她還是到潮州找高醫畢業的柯醫師。她是守原則，不輕易改變原則的人。

第七章

醫生娘的才藝

畢業於東京女子短期大學的醫生娘自然不會忘記她的所學，就是禮儀、服裝裁剪、烹飪以及庭園布置、插花等。她持有池坊流插花老師的日本證照，但只在鄉里的婦女會、民衆服務社裡示範，因爲沒空去教授插花藝術，光是建功醫院的業務以及打理一個家族的事務就夠忙的了。

候診室及客廳都會擺設池坊的插花展示，每隔幾天換一次。她批評小原流及西洋插花沒有意境、禪境。花器很重要，所表達的禪意更給美感加分。她常常陶醉自己創造的意境中，就連喝茶、吃飯都一面欣賞花園和插花。一頓飯，五郎十分鐘就吃完了，醫生娘半小時還在細嚼慢嚥。一般鄉下客家男人，五分鐘就吃飽了。

吃飯是享受，要講究氣氛，現代人常在飯桌上談公事，甚至說教、批評、爭執。這些在醫生娘來說是沒有教養、不懂生活的人。沒有餐桌上的禮儀與品味，就是文化素養不足。

客家人常用「氣磁」來說明氣氛的重要，一種爲環境的情感、情緒與心情。氣氛好，用餐愉快，食物變得好吃。吃飯不僅是營養問題，也是生活享受的重點，所以吃飯時要常保持好心情，而且吃相要優雅，就是注意禮儀、儀態。例如小孩幫長輩添飯、續碗、沏茶、斟茶都要注意長輩是否吃飽了，教育小孩就是從孝道做起。天下第一善就是孝，所以說百善孝爲先，這留傳幾千年的文化都被西方民族毀壞了。所謂人心不古，是從家庭，從小、從奶媽教養開始就崩壞了。例如從前寫信，開頭是父親、母親大人膝下，現在呢？不見了。

醫生娘是屏東縣烹飪比賽的第二名

五十年代鄉村裡也有家政班，會聘請名師過來指導如製造糕點、醃漬食物，當時香腸和臘肉都自己做。在那年代沒有所謂的職業婦女，到了六十年代石化業、電子、電算機、加工出口區起飛，才有工廠女工。成衣業、編織毛衣是農村比較流行的。女孩比較好的職業是老師，從師範學校到師專，三、五年養成即可。裁縫甚至時裝，訂製衣服是不錯的職業，而成衣、百貨公司是民國六十幾年才開始有的，當時百貨行賣的多半是嬰孩服以及各級學校制服。

鄉裡也有家事小組，他們都知道醫生娘留學東京，又是家政學校（新娘學校畢業的，當時是承襲法國的體制）。所以知道醫生娘會西式料理，就過來請醫生娘當顧問。每回遇到屏東縣政府舉辦的烹飪比賽，新埤鄉代表由醫生娘領軍，大家跟著她，視野比較高。除了創新或傳統料理外，客家特色、中日合併或西式炸物、擺盤方式都是重點。

最好的名次是全縣第二名，其實是同分，但評審選了盤子漂亮講究的那一組爲第一名。回鄉後鄉親無不覺得可惜，菜色說不定贏了，就是盤子不夠精美。但是奠定了醫生娘的廚藝是比賽級的，不是眷村美食與鄉下特色而已。大家都羨慕五郎醫生好福氣，在家吃飯比上餐館好，中式、西式、日式的料理都有。

例如日式壽喜燒火鍋，高麗菜捲（自己手作）的關東煮、花壽司、蛋包飯、各種炸物蝦子、蔬菜、炸肉唐卡茲、法式炸肉丸子（croquette）、薑絲日式味增牛肉、味增旗魚、咖哩牛、歐姆蛋，在四、五十年代的家庭是少見的異國風味料理，其他中式、台菜、客家料理也有特色，因此五郎醫生一輩子上館子次數屈指可數。

就連聞風過來的臨時工人都期待下午三、四點的點心。醫生娘認爲下午的點心是一天工作辛勞的小確幸，應該在微風夕陽前享受食物，這個觀念就是現在都會區流行的下午茶。一般鄉下人下田耕種，下午的點心大都是鹹粥類。醫生娘準備的種類多，有烤餅、紅豆湯加小湯圓、粥品、蝦公炸餅、蔬菜煎餅、酒釀龍眼乾糯米粥、綠豆湯、蜜甜芋頭等等，吃了會有力量又不影響晚餐的食慾。

她的理念是生活可以精緻化、美學化、藝術化，一方面是她所受的教育，一方面也是她的迷人特質，她二姐同樣到東京留學，但烹飪、插花、服裝裁剪就沒興趣研究。醫生娘文曲星比較旺，才藝多。歌唱也是她的特長，但是鄉下沒有發揮的舞台，只有娘家聚會，或是參加旅行團在遊覽車時才能一展歌喉。村子裡的遊藝活動，礙於身分她是不表演的。

她也是插花班的老師，但她那時代的客家婦女不流行花道、茶道。流行插花已經是八十年代以後的事，走在時代前面就是曲高和寡，甚至也會招致負面批評，尤其是封閉、男權主義的社會，女性不宜在外暴露才藝，所以客家人不喜歡女性在政治上露臉。

二叔公是二二八事件的受難者，他的遺孀成為縣議員後來又當選省議員，在家鄉的風評也是正、反面都有。不過醫生娘對政治毫無興趣，她的重心在家庭，相夫教子。所以做好家事，穿著稍微跟上時尚化，就會讓她滿意。

服裝裁剪

家事學校的課程裡製作衣服是必修課程，醫生娘的嫁妝中就有一臺勝家牌的縫紉機。醫院後院有一間三、四坪大的縫紉間，那是她的工作室。她年輕時不繪畫（老年時轉為山水國畫），但喜歡做衣服。連大女兒上大學，交男朋友時穿的衣服都是她親手縫製，依照時尚雜誌的目錄，自己DIY打版（用報紙做樣板，有時用白報紙），依尺寸比例，必須精確才能完成，布料大多到屏東市採買，一針一線手工縫製。當然兩位兒子的衣服也是她自己做，當時特多龍的化纖布料很少，兒子們穿出去很拉風的。冬天的毛衣也是出自醫生娘的手藝，只有旗袍、棉襖必須到屏東找師傅量身定作。當然五郎的西裝她不會做，其他的，只要有空閒她都當興趣來研究。

而女兒的衣服能搞定，還有什麼不能自己做的呢？

她也會做小布偶和小兒子滿月穿的小鞋子。鞋子是用撞球檯的絨布縫製，是兩隻小兔子，布偶是大象、長頸鹿，裡面填充的是鋸木屑。當然小孩的枕頭和床單也是自己做的，被子特別暖和，被單的圖樣也好看。還有鋪在客廳茶几上花朵圖案的桌布，以及鋼琴上的蓋布也都是醫生娘編織的。她自己都很滿意自己的作品。自得其樂，那才是平凡的幸福，不假外求的自我實現。

她在鄉下的朋友中，沒有很會刺繡裁縫的姐妹淘。但她忙裡偷閒，把工作當樂趣，寄情於鄉間生活的自然隨意，就像四月的春天，她製造的圍裙就是春天的各種小花圖樣。也就是因爲她的儀態與品味，與鄉下婦女總有一層隔閡，親近她的人不算多。加上五郎是稍微木訥的，對熟人還好，其餘話不多，總會被村人評議爲「大粒」，翻譯爲孤高的上層人士。換言之，接地氣不足，高高在上的意思。但是村子裡有喜慶的時候，就會過來請教醫生娘，詢問她什麼禮服漂亮、什麼頭飾和捧花比較搭配，髮型什麼樣比較俏麗，她都很樂意幫忙做顧問。雖然曲高和寡，但村民還是很敬重她的。

比起其他村人的房子，醫生娘的診所及住家院子有兩百坪大，其他村民是挨家挨戶緊連著，這點使得醫生娘的三個孩子跟村子裡的孩子們玩不起來，只有小兒子會溜出去找球友打桌球。但是醫生娘仍會關心孩子的成長，好天氣的時候帶孩子們去田野池塘邊釣青蛙，用麵粉袋縫成大袋子，上頭用鉛線做成圓形及手把，將布袋縫上就是釣青蛙的工具。示範過幾次，孩子們上手了，就讓孩子們自由享受釣青蛙的樂趣。

她也會製作竹蜻蜓和竹子筆筒，以及用竹片與舊報紙做成的風箏，還有用黏土塑作成蘋果、香蕉，晾乾後，塗上顏色，自製小裝飾。她重視課外的才藝學習以及手作的手眼協調。院子裡也養了一些雞鴨及兔子，既然住在鄉村裡，就享受田園的樂趣。

醫生娘做不完的家事

她覺得她一生的命是勞碌命，但也充滿幸福，老公好，孩子們乖且有出息，父母親長壽……她是滿足的，只是勞碌些。

早年醫生娘下嫁建功庄時，五郎還在台大醫科讀六年級，尚未畢業，婆婆是寡婦，她是大媳婦必須照顧全家，主持家務。當時仍是煤油燈，大灶飯的民國三十六年，電器不發達。早上有三位小叔、三位小姑要上學帶便當，必須六點前要起床準備早餐。結婚前她是留日回國的三小姐，是內埔國小的高年級老師，但是嫁雞隨雞，五郎君尚未畢業，只好到婆家幫忙。

有時經費不足，婆婆買的食材太節儉，蛋白質不夠，醫生娘覺得小叔們吃不飽。所以她自掏私房錢出來買魚、買豬肉，當時肉品缺乏，初一十五及節慶時才有肉吃。婆婆會不以爲然的冷言冷語，批評醫生娘太折福。醫生娘軟語捍衛自己的想法，但婆婆認爲不需要新科學知識，傳統就好。

後院養了兩、三頭豬是婆婆副業，她先生四十五歲過世後，就務農，種菜、種甘蔗持家，當時許多家庭都養豬隻，因爲大家庭每餐都有剩菜剩飯，拿廚餘養豬剛剛好。但豬食量大，必須煮番薯葉餵食，所以番薯葉又稱爲豬菜。醫生娘也要幫忙煮豬菜餵豬。

結婚不久很快在兩個月懷孕，挺著大肚子做粗活，醫生娘父母親都看不過去，建議可以請女傭幫忙一下。懷孕中的醫生娘認爲，若找女傭，一定會被婆婆看不起，她覺得融入夫家很重要。當時新埤鄉建功村沒有人請女傭，請長工幫忙農活是有的，當然不會有管家之類的。

晚上是洗衣、縫補衣服的時候，聽聽收音機就是最好的享受。

民國三十七年五郎畢業，醫生娘抱著襁褓的女兒去參加畢業典禮，就離開建功到屏東市衛生院了。她在建功生產，大女兒是產婆接生的，醫生娘身體好，所以順產，沒太辛苦。

婚後的前十年，五郎執業處換了一些地方，又忙著開業打基礎，家庭與事業兩頭忙，每一天都是忙碌的，又生了三個小孩，其中有一位排行第三是女嬰，因臍帶繞頸生下來就窒息死亡，讓醫生娘很傷心，聽說長得很美。還好兩年後生了第二個兒子，也算撫慰了未如意的心。

到新埤村開設建功醫院後，又從南港回來專心回故里懸壺後，醫生娘的生活穩定了。大兒子、大女兒到潮州念中學，公路局五號專車是六點十分從新埤站發車，直達潮州。所以醫生娘早上五點左右要起床做早餐，常常是雞蛋、豬油或牛油拌飯，加上一瓶羊奶，當天做菜給小孩帶便當，菜肉比飯還多。六點送走小孩上學後，就開始整理診所，消毒器械、針頭、針筒（非拋棄式），打掃庭院，有些讓藥局生幫忙做，病患約七點以前就會過來。五郎君通常睡得比較晚，有時看完第一波上班潮的病患才用早餐。醫生娘會陪著用餐，通常是吃稀飯。

廚房是醫生娘早上的重心，也是她的第二個起居室，光線明亮、寬敞，前後有門，有大窗子，如海明威喜歡的地方，一個乾淨、明亮、光照良好又通風的地方。餐廳與廚房在一起，有一臺小電視，沙發與餐桌是檜木的，中島部分有咖啡玻璃櫃，放置茶具。廚房十五坪可容納家事班同學一起來聚會。

通常早上七點到九點忙醫院的事，接著醫生娘騎腳踏車到村裡的市集採買食物，那是她跟村子裡的人互動的時刻，從內埔嫁到新埤鄉來，也算是外地人，必須通過社交環節融入，得到認同，這跟古代似乎沒什麼兩樣，村人總是觀念比較矜持封閉。

中午前她有閱讀習慣，看報紙和雜誌。而五郎從民國五十八年開始研究股票，天天聽收音機買進、賣出，他自己還製造股市走勢圖，均線、K線。那個尚未有經濟日報的年代，醫生娘對股市沒半點興趣。

喝個早上茶，閱讀書報後就是準備午餐。她總是愉快地在廚房忙家事活，洗衣燒飯。當然後來有了海龍牌洗衣機，早年還是用洗衣板洗衣。家裡有水塔儲水，洗衣方便。當年有不少村婦是到河裡洗衣服的，村子裡有許多河流小溪及灌溉渠道可以洗衣服。村婦們都會相約一道洗衣聊天，互通消息與知識見聞，她們大多不識字。

小孩子的教育在客家村是重要的，但仍有將近一半的孩子在國民小學畢業後就沒有繼續升學，留在家中，父親是木匠就做木匠學徒，父親是水泥匠就學習板築技藝，務農之家則牧牛，放牛是主要工作。

現在稱不升學的爲「放牛班」，就是這樣來的。當父母的常常威嚇小孩，若不乖乖念書，長大後只能挑糞、種菜。那是一個沒有化肥的年代，一切都是有機的，但未經過高溫處理。

所以五十年代，寄生蟲疾病很普遍，因爲很多孩童沒有鞋子穿，種菜的用雞鴨糞當肥料，農夫也不穿鞋，怕把泥土踩硬了，青菜會長不好。所以蛔蟲、鉤蟲、糞線蟲、蟯蟲在小學生很普遍，特別是小學生，因爲衛生習慣不好。

每學期五郎醫生在衛生所兼職，負責施予打蟲藥，老師要每位學生回報第二、三天打出來的寄生蟲有多少條。有的同學甚至多到半個臉盆，軟軟的，長長的寄生蟲，扭來扭去交疊一起，挺噁心的。

醫生娘會跟家長做衛教，吃東西洗手，用完廁所後洗手。很多茅坑是沒有草紙可以擦屁股的，一般小孩會隨地撿竹葉或樹葉擦屁股。

下午時段是醫生娘的休閒時間，一般而言下午三點到五點病患不多，所以她可以彈鋼琴，她有一位鋼琴老師會過來指導。或是好朋友過來聊天，或聽收音機，或放留聲機。五郎有不少黑膠唱片，他喜歡音樂，但沒有花大錢買音響，這點醫生娘常有微言，她希望家裡的設備是村裡最好的。

彼時有位賴先生經營農藥店，他的音響好，尤其是短波可以接收到日本放送（NHK廣播電台）的收音機，後來又有立體聲、Hi-Fi（高保真）。這種音響的設備互別苗頭，延伸到後來的電視機，從黑白到彩色，從國產哥倫比亞、國際牌，到後來進口（從日本搬回來的）Sony新力牌電視機。

午後是她一天中最放鬆的時刻，整理花圃、澆水、除草。她帶了一頂寬邊草帽，一邊接受午後溫暖的陽光洗禮，背著陽光看著灑水，可以出現彩虹般的折射。修剪花木時，五郎君也會過來幫忙，尤其是前院的九重葛長得茂密常需修剪。

若是下雨天，她會撿石牆邊的蝸牛，晚餐就有炒蝸牛，她說法國人吃蝸牛，所以處理過的蝸牛沒有廣東住血線蟲。她很會料理蝸牛，又香又Q的炒蝸牛需要用明礬處理黏液。雨後的蝸牛若不撿拾，會把她種的心愛的花吃掉。醫生娘認為看到蝸牛是要處理的，不然很會繁殖。

第八章

歸（轉）妹家，醫生娘的一天

回娘家看母親是醫生娘的例行重點，客家話叫歸（轉）妹家。每個月回家探望母親一、兩次，一次是週日、一次是假日，假日可以姊妹相聚。在五十年代沒有電話（私人用戶不普及），所以有空就回豐田村探望母親。自從父親過世後，母親雖說有么弟媳照顧，但是住處很大，么弟媳在南廂房，離大廳隔了好幾間房，不易照應，也聽不見。所以很多時候醫生娘母親是自己照顧自己，自己煮來吃。所以醫生娘不放心，平常日午餐後再搭公路局的車從新埤到豐田看望母親，寒暑假小兒子在家，會用摩托車載她過去，那是六十年代後的事。

有時會與住屏東的大姐或大妹在豐田不期而遇，那麼她們三人就會聊很久。五郎有時會說她兩句，因爲回到新埤村時已經是晚餐時刻，醫院正忙的時候。但醫生娘手腳俐落，很快就掌控了忙碌的關鍵時刻。

晚上時刻一般來說也很忙，診所裡雖然部分時間有藥局生幫忙，但三餐都是醫生娘在準備。從來沒請廚娘，都是醫生娘一手包辦，五郎只吃她煮的。一般是五、六菜一湯，功夫菜、雙主菜少不了，她肉類煮得好，魚肉也燒得不錯。小兒子是她的廚房幫手，挑剪菜葉、豆莢，採買調味料、乾貨、油鹽醬醋，就是小兒子這位幫手的工作。醫生娘會多備一份零嘴，冰棒、冰淇淋、紅豆餅作爲獎賞。畢竟她很忙，需要一位跑腿的男僕（footman）。

晚餐後的時光，約八點過後醫院的病患也差不多處理完畢，那是她的時間。通常是看星空、說故事的時候，在尚未有電視節目的年代，也沒有冷氣，所以只能在花圃後院看星星，認北斗七星、牛郎與織女星。醫生娘會吹口琴，小兒子也會黏著她，說《格林童話》的故事，聽到睡著爲止，再由哥哥，姐姐抱上床。

那個年代，電力不足，經常停電，在燭光、星光、月光下，醫生娘會教孩子們吟童謠：「月光光，薑必露，露打（開）花，星仔下來鑲，鑲到多少片（皮），十二片，嫁滿姨，滿（最小的）姨幾多歲，十八歲。嫁去哪？嫁到美濃竹頭背。嘸眠床，睡浴堂，沒被（子）蓋，蓋鹹菜，鹹菜鹹丟丟，番婆看到了按夭壽。」

口琴吹的是風流寡婦華爾茲、舒伯特小夜曲與搖籃曲，以及我的家庭眞美滿。眼皮在寧靜的環境下漸漸闔上眼，很多的夜晚都是安詳的。不是頭上的星光、月亮，就是花園裡螢火蟲的微光。最美的夜景是雨後天開的夜晚，月光霧霧的圍繞著皎潔的月亮，有些許孤星拱月。小娃兒會以手指月，表示新奇好看。沒有光害的鄉下，更顯得蛙鳴蟲叫聲才是大自然夜晚的美妙音樂。

月光光，詩人夜未央；衣香香，好孩子入夢鄉。

醫生娘的三個小孩都很乖，不遠處村裡小孩在路燈下玩踢銅鐵罐子遊戲，洗完澡又玩得全身汗，被子都是汗臭味。她很滿意小孩聽話書讀得好，沒給她帶來問題。那個時代用的是鉛筆，她有空時會幫小孩削鉛筆尖。有時兒子早睡，功課國字沒寫完，她會檢查書包和功課，幫忙補上。那是個沒有學校聯絡簿的年代，老師會到學生家做家庭訪問，每學期一次。

✽

那麼醫生娘的一天有什麼消遣活動嗎？

五郎醫生因爲小孩子喜歡打桌球，於是找了木匠，訂製了一臺桌球桌，村子裡只有鄉公所有一臺桌球桌，醫生娘在下午空閒時段會跟五郎打桌球。醫生娘是進攻型的，學生時代打過，打得比五郎好。

晚上他們會騎摩托車到潮州看電影，大概是八、九點醫院的病患看完後，就歇息，到潮州看午夜場的電影。早期潮州有四家電影院，潮州戲院、南峰戲院、千山戲院、光春戲院，以及後來才有的東海戲院。當時生活最大的休閒娛樂就是看戲（歌仔戲、大人戲〔客家〕、布袋戲）。電影院前停滿了腳踏車，少數摩托車。戲院前面有賣香腸、冬瓜茶、青草茶的小吃攤位。電影院裡有小販提著木製盒子裡面裝了枝仔冰用毛巾蓋著，還有其他零嘴、香菸。電影的招牌看板是手畫壓克力塗料，畫得很逼眞，海報劇照貼滿各地小吃店。計程車車頂上裝了三角形看板，上面有電影的海報，穿梭在附近城鎮鄉村，並用擴音器介紹正在上映的片子。村民會駐足注意宣傳車的內容，因爲很多農家不訂閱報紙，對他們而言這是最直接有效的宣傳。

醫生娘多半是閱讀報紙，知道哪部片子正在上映。她比較喜歡西洋片，米高梅製片的多半是大卡司，比如《亂世佳人》、《魂斷藍橋》、《羅馬假期》，宗教片的《賓漢》、《霸王妖姬》。米高梅的獅子有分吼一聲，跟吼兩聲的。有一次上演《北非諜影》是最後一晚，另外一家上演日本恐龍片《特斯拉》也是檔期最後一晚，五郎君最後載兩個兒子去看恐龍片，醫生娘只好用母愛來包容此遺憾。她捨不得讓兒子們失望，當時其實多請一位長輩帶小孩去看恐龍片也是可以的，但就是工作太忙了，忘掉檔期將結束。

說也奇怪，電影院互相也會ＰＫ爭熱點，以造成人氣。你有強片，我也不遑多讓，也算良性競爭。那個年代書報雜誌少，娛樂活動少，最好的消遣就是看電影。小孩也喜歡看電影，在那個卡通電視仍未出現的年代。第二名大概是馬戲團表演，那又必須到高雄，大貝湖畔才有。第三是美國白雪溜冰團的演出，國民小學偶爾會請魔術師到學校表演，都擠滿人潮，大家興致極高。

有時看完夜晚電影約午夜十二點多，五郎會帶醫生娘吃鱔魚麵或是一位日本女人燒的鍋燒麵，店是違章建築搭在賣愛國獎券店對面的橋上，用鐵鉗夾鍋燒麵的小鍋子。回家時不忘買奶酥麵包給小孩，第二天看到奶酥麵包就知道爸媽去潮州看電影了，新埤當時沒有烘焙店。

小確幸是需要自己從平淡生活中，穿插愉悅的時刻，幸福是需要有一點小心思去獲得的。醫生娘認爲活在當下，每個時刻都可以利用來營造小確幸。一句關心的話、一個小故事、一個花藝作品或盆栽、一份好吃的點心，都可以滿足她。

她沒有大的夢想，雖然結婚後前十年嚮往都市發展，但在鄉下她還是可以自得其樂。

夫君想回故鄉服務鄉親，她也隨著享受田園風光，客家庄的純樸、單純。她不喜歡複雜的人際關係，三姑六婆的八卦，她其實只是當聽衆，不太表示意見。所以她欣賞五郎的單純正直和靦腆。

鄉下人的一天是很單純的，尤其是婦女，晚餐後在外頭街頭巷弄，或後院禾堂（晒稻穀用的廣場，約十公尺平方），坐在藤椅上，吹涼風、看星星講古、說從前的軼事。因爲電費貴，所以很多家庭都把電燈關掉，只留下很微弱的十燭光燈泡在有神主牌的大廳。這些夜色很容易催眠入睡，到了晚上九點鐘，村裡幾乎一片寂靜。村子裡有守望相助的人出來巡夜，甚至到灌溉溝渠視察有無通暢，這些都仍保留農業社會的樣貌。

醫生娘能夠一輩子就在鄉下安身立命嗎？

她三十歲時鼓勵五郎留在屏東市衛生院，三十七歲時曾經到北部南港資生醫院發展，四十八歲時大女兒出嫁婦產科醫師在三重市發展，同時小兒子就讀台北醫學院醫科，所以她打算到台北市置產，一方面讓小兒子就學方便，一方面爲什麼不可以在台北發展呢？

民國六十初年仍然是很容易開業的年代。所以她上台北看中了龍江街的房子，就等五郎同意就可以了。五郎擔心醫生娘眞的會打算舉家遷到台北，當時又是股票市場蓬勃的牛市，多頭好做的牛市年代。在鄉下住慣了，他想醫生娘可能會再重提回台北發展的打算，有女婿在開婦產科，兒子畢業後也可以在台北發展。

但是五郎母親仍健在，老人家在鄉下住得好好的，怎麼可能搬到台北這麼遠的地方，連半個鄰居都不認識。他想，都五十歲了，是知天命的時候，命運早就決定了，沒有必要大費周章。醫生娘勸他，在台北買房是投資，一般公寓十五到二十萬到手，龍江街一樓房子有院子，談好五十九萬元，當時小學老師的薪水每個月八百到一千元左右，電子工廠女工一天工資十四元。投資是沒問題，但是五郎當時做股票正起勁的時候，他覺得投資股票比投資房地產方便，容易變現。而且他的數學好，預判能力比市井小民強，應該有他的優勢。

五郎在鄉下住久了，雖然過得自在，但平淡中缺少了一些火花，做股票把他跟全世界的新聞結合了起來，例如隨之而到的中東問題、石油禁運、股票大跌。數學好的人，容易覺得別人笨，但是股票是人爲操作成分很高的投資，絕大部分散戶都被坑殺。但是外表木訥，內心情感豐沛的他，一生中難得有機會可以注入他的熱情。在那段時間他常常分析國際情勢包括政治、地緣軍事衝突，以及台灣石化工業、紡織、金融、鋼鐵的發展，當時半導體產業尚未出現。

開業醫是寂寞的行業，尤其是鄉下醫生，平常沒有什麼知性的交流，鄉下大都是農夫，也不談時事，只關心風調雨順，日出而作，日落而息。有什麼精神上的寄託呢？看電視、看報紙而已。下棋是消遣，但沒有對手，同窗們在鄉公所服務的能深談嗎？

大學同學比較近的在內埔、潮州、林邊開業，其實也不遠，但五郎不善交際，所以不常聯絡，聯誼更少。僅有一次將潮州的同學劉醫師夫婦邀請到新埤，在花圃邊燭光晚餐，應該是他們畢業二十年紀念。台大第三屆醫科畢業校友製作了精美紀念冊，每位同學都附上全家福，家庭成員的名字和就讀學校。五郎很重視這些，也希望爲了子女幸福從其中找親家，看看有沒適婚的姻緣，在他們眼中，門當戶對是傳統，相親是長輩應該做的，他沒注意到時代在變。

五郎是開明的好丈夫，對醫生娘很體貼，也很尊重，但七十年代仍是傳統父權封建時代，仍是男性主導。所以重要事情雖有商量，但不是他說的算，也不情願多談。所以台北購屋一事就因此作罷了。雖然醫生娘提出想法，而且翻出了舊帳，五郎曾答應她，若兒子考上台北的醫科就在台北買房子，若考上高醫，就到高雄買房子，一方面看遠一點，讓兒子將來發展有根據地，她也好隨時可以看孩子、拜訪同學（留日同學）、逛逛大都市生活圈，但五郎硬是把她的念頭壓了下來。

兒孫自有兒孫福，他說不用長輩煩惱十年以後的事。五郎的名言是知足常樂，無欲則剛。在鄉下過著無憂無慮的日子不是很好嗎？醫生娘覺得不是這樣，有機會應該做大一點的發展。她同學喜富美嫁了她長兄，在東京新宿有大宅院、醫院，又有地租給百貨公司。兄長常常在鄉村俱樂部活耀，網球打得特別好。又看看自己，哪裡輸人呢？爲何要被圈在鄉下。她覺得已經很認份，二十年過去了，也該重新規劃生活，尤其小孩們都長大了。

可命運不是我們所能期待的，事與願違的事很多，不如意十常八九，難道很簡單的事，咫尺間也是夢想嗎？有緣不一定有分，有分不一定是緣，不一定是個人自由意志可以決定。

早在五郎剛畢業，到屏東衛生院服務時認識了日本岡山帝大畢業的葉學長，他教會五郎打麻將，從此麻將成了五郎的嗜好，只是他很約束自己，一年只打五天麻將，那是農曆大年初一到初五，因爲鄉親也習慣五郎一年就只有五天年休，但是他還必須從牌桌上，下來應付急診。另外就是台北醫學會，年會時會公休一、兩天。後來葉學長在五十年代初就到台北三重發展，是早年三重埔有名內兒科，當時他的朋友重病過世，把妻兒託付給葉醫師照顧，到後來就進門一起生活。爲此事，葉醫師還飭令元配和小孩在診所門口，下跪發誓配合。

都市可以這樣，在鄉下是絕對不行的，村民指指點點，根本走不出家門，尤其是客家村。葉醫師對承諾的熱心是遺傳了他母親，聽說他母親很漂亮，以前環境不好，爲了幫助家庭弟妹，到青樓服務，遇到了一位縣長，後來生下葉醫師。當然到日本岡山帝大留學也是縣長安排的，有情有義也是會遺傳的。

當時三重市也有另一位開業醫很喜歡打麻將，每個星期大概打五天麻將，白天看診時會重複開藥。若前一晚輸錢，第二天看診時就設法勸病患打點滴和營養針，多收些醫藥費。病患反而覺得劉醫師很親切，會關心他們營養不好，維他命、氨基酸不足。三重埔是家庭式加工小工廠林立，小老闆娘很多，醫生多跟她們講話是給很大的面子。所以她們都很願意多打一些補針，每次打完針劉醫師會誇她們漂亮，有元氣喔！

「你說鄉下開業不好？但在都市開業問題還是很多。早年在潮州就遇到醫療糾紛，都市人很複雜的。在南港也做過一年，怎麼說都不會比現在自由，錢是賺多一點，假若在都市發展的話，但生活就沒那麼愜意無憂。你說是不是？」五郎跟醫生娘說。

醫生娘其實也沒有堅持，但覺得兒子將來畢業後也會開業。

「父子一起在台北開業不是也很理想嗎？說不定兒子也希望現在就在台北置產，免得兒子在外租房子，被女生拐走了。」醫生娘還有往都市發展的想法。

「女兒在台北念書沒被拐走，大兒子在台南念書也是好好的？連一位女朋友都沒有，何來拐走論。」五郎很堅持。

五郎其實早年辛苦，父親過世早，在他名古屋念書第三年時因罹患傷寒併腸出血過世。父親雖然很傑出，不僅考上台北醫學校，更是日治時期的小學校長，畢業於台北國語學校，但最令五郎辛苦的是他父親有一位妾，育有一男一女，又另外有一位閩南姑娘但只待了一、兩年就被五郎母親逼趕出張家門口。但是前後吵鬧了好久，五郎變成夾心餅，是創傷烙印在心裡。校長很帥，事業也得意，但桃花也多，後來得到的傷寒也可能是在都市裡吃東西感染到的。

五郎認爲都市是花花世界，誘惑多，沒有必要就不用到都市發展。他將弟妹拉拔長大，成家立業已屬不易，也累了。

五郎的么弟是遺腹子，在念台大農業經濟及推廣系時，當選六堆同鄉會會長，需要添購西裝。身爲大哥的他，負責託管么弟的財產，他反對當會長、買西裝的事，年輕人念書爲重，敦品勵學，不需要西裝、派克寶麗華對筆來增加派頭，也反對他加入學生代表。張家是二二八事件遺族，不應該參加政治活動，國民黨的紀錄永遠留在檔案裡。後來還是醫生娘用她的私房錢幫小叔完成心願，委以家教賺外快買的。

有一些家族裡醫生娘與五郎見解不同的事，醫生娘認爲她可以幫忙的她就私下接濟。早年五郎念醫科未畢業時，醫生娘下嫁到約一百多戶的建功村，基本上是煤油燈和大灶飯，小姑、小叔的便當沒有太多的魚、肉，是青菜、番薯、豆腐、蘿蔔乾。醫生娘用私房錢幫他們多煎一顆荷包蛋。因爲婆婆養豬、養雞是賣錢的，沒有養下蛋的母雞。有重要客人來訪，請客時才會殺雞，有白斬雞沾九層塔的蒜蓉醬油和米醋，以及客家封肉（東坡肉），每家人都是這樣，六堆客家人不流行竹、苗的梅干扣肉。醫生娘念的是家政學校，知道營養學的重要，後來兩位小叔身材高壯，醫生娘也很滿意這個結果。

話說五郎舉些例子辯駁不去都市開業，他說一位鄭姓同學在高雄開間內科醫院，曾短暫待過高醫附設醫院。當年杜聰明博士創辦高醫，在民國四十三年創校，這一批民國三十七年畢業的第三屆畢業生剛好受過完整的住院醫師訓練，就到高醫暨附設醫院服務。鄭醫師也是那一批下高雄的，但不久後轉開內科診所，名氣很大，因爲是心臟科，當時心肌梗塞、中風很快就不行了，所以民衆心理，認爲心臟科最有學問。很快有名氣之後，每周打五次高爾夫球，那時高雄只有一座澄清湖高爾夫球場，鄭醫師長期打球都會有一位姑娘一直跟隨。這跟醫生娘東京的哥哥相同境遇，只不過是打網球。五郎認爲都市生活太花俏，不適合他的個性。

醫生娘也會頂嘴，當年說媒的有一位客家醫生，後來當高雄市醫師公會理事長，他沒有什麼花邊新聞。

五郎不答腔，看看醫生娘還有沒有什麼追求她的軼事。

只不過他們都不夠俊、不夠高壯，氣質也不夠好。她喃喃自語新埤人很固執，聽說建功村的先民是鄭成功部隊，卸甲歸田後經由東港，溯溪而上發現新埤的良田，進去北邊一點就是建功村，所以新埤、建功人相傳是軍隊後裔，身材比一般閩南人或十九世紀從廣東遷台的北部客家人壯碩，當然脾氣上頑強、硬頸、意識形態上不易妥協。因爲是溪水的埤頭，新埤俗稱新埤頭。

後來這些準備到都市買房的錢，剛好就轉到女兒、女婿手裡了。

時間過得很快，女兒在大學畢業後，聽爸媽的話，跟原來的外省籍男朋友分手，嫁了五郎么弟的高中同學，同樣是六堆的客家人，萬巒人，北醫畢業，也是高帥而且皮膚白皙，所以女兒在各種考量上，尤其是父母的相勸，認清現實還是最重要的，那個時代，客家人和外省籍結婚是不太被祝福的。不過這女婿的家累也很大，是長子，下有三位妹妹，一位小兒痲痺，一位弟弟還在就學中。而且爲了供他念台北醫學院，家裡的田幾乎賣光了，還欠了一些親戚的債，但鄉親都壓寶他兒子會賺大錢。

所以一開始女婿到三重市發展，古亭、新莊都開業過，最後看中了屏東市廣東路的地，規劃蓋七層樓的小型綜合醫院。醫生娘很興奮，她覺得這是圓夢的機會，讓女兒替她圓了這個夢想，或許也是她的野心，社交上說不定可以進屏東市的婦女會，她的兄弟姊妹也會以她爲榮。

這次因爲不需要五郎到都市生活，他仍可以輕輕鬆鬆在鄉下過他的田園生活，所以在女兒的撒嬌下，很快地五郎就答應把錢拿出來，是無償借給他們。所以不是投資獲利，而是醫生娘給女兒、女婿去圓她的夢，後來還了其中一部分給小兒子到台北置產。

民國七十年是開設綜合醫院最後一波的獲利機會。後來公、勞、農保擴大及家屬到後來的甲乙丙表給付，又到民國八十四年的全民健保開辦，小型綜合醫院無法轉型，所以倒了，關了很多綜合醫院。

小兒子沒回故里幫姊夫做內科業務，醫生娘一直都有遺憾，她希望是家族式經營，但是時代一直在變化，機會屬於大型財團。後來因意識到醫療制度的變革，那個廣東路的醫院就頂讓出去了，大概經營了十年，剛好遇到都是房地產飛漲，只不過當時屏東市的行情沒有台北市這般的快速。

醫生娘覺得時代變化怎麼如此快，她的事業心一向比五郎的心臟大，她這麼認為。但是人生的際遇也不是凡人可以想像的。下一刻無常，誰人能料？

民國六十七年五郎仍任職新埤鄉衛生所主任，接到一通電話，徵詢他出任屏東縣衛生局長的意願，很意外的是屏東縣縣長打來的。柯縣長的故居在潮州，正是五郎在潮州開業的對面，當時柯縣長仍是師範大學教育系的學生，所以認識。他希望曾任職屏東衛生院，又任職衛生所主任超過二十年的五郎，因熟悉縣內衛生體系的各種事物，又是國民黨員，台大醫科畢業，可以說資歷完整，甚至比前幾任衛生局長完整，所以請他出馬接任局長一職。

五郎客套一番後，答應與醫生娘商量後再回覆意願。當然醫生娘立馬勸進，出任衛生局長，縣政府的三大局，但是官大事多，不是涼缺，而是負擔起全縣的衛生健康及八大行業的稽查，包括餐、旅館、特種行業、中醫藥、密醫、開業醫、防疫、保健、食品工廠，數不完的業務。五郎還是從善如流，接受了柯縣長的請托。柯縣長還是么兒就讀潮州初級中學的校長，當時是第一名畢業，醫生娘對柯縣長甚是感激。

這遲來的舞台讓醫生娘很有活力，總是有一些社交活動她可以參與，但是也伴隨了不少煩惱。人生到底繁華好或是清幽好？可以兩者兼得嗎？如何扮演好角色，適才適所。古時候有些被上位舉薦者，其結果有好也有壞。五郎想著醫生娘勸他說，這是柯縣長第二任期，政務平穩，只不過從衛生所轉任衛生局，是政務官，下面各科、室、組長也都留任，主任祕書也是熟識的，不久會上手的。

困擾五郎的除了議會的質詢、縣內幾個衛生所的擴建、中藥商的問題外，還有人事任命的事情。小到工友、司機、各衛生單位新進人員等人員調動，難免會有各方請託的困擾。尤其是親友的請託，如何秉公處理才好。

醫生娘的意見也是五郎的考慮之一，但天性敦厚的他，還是有一套公正的做法，當然小的無重要的位置，也就多參酌各方意見。人事搞定後，其他是專業醫療衛生，防疫保健相關的事他就拿手多了。

五郎全縣走透透，但是醫生娘沒有陪伴他，他相信幕僚很有經驗，不需操心。

醫生娘成了局長夫人，送往迎來的賀禮，年節禮物很多，一開始比較興奮，但後來覺得是個負擔，不知如何擺放，只好分送其他親朋好友。因爲她從沒做過這類事情，後來就習慣了，就是盡快分送出去給親友，因爲多餘的還是煩惱，根本用不到、吃不到、穿不到。在別人看來是禮物、是寶，但其實都是身外之物。

她突然領悟到以前自己想像的都市社交生活，其實是膚淺的、浮誇的，只會擾亂心靈清靜。她要的只是生活的點綴，而不是繽紛的人際，八卦客套話的社交。

這個領悟用了二十年以上的日子才得到，五郎不到十年就體會到了。終於醫生娘打算重新整理家園，做局部的裝潢改建，準備好好過後半輩子。心滿意足，不再想像都市生活，盡量知福、惜福，欣賞質樸之美。她也善盡責任讓局長沒有後顧之憂，也不過問太多局裡的事，除非五郎徵詢她的意見。

第九章

退休

很快地隨著柯縣長的第二任任期屆滿，下一任由民進黨籍接任，五郎是否同進退變成政治上的問題。因為政黨不同，立場也會有變化，但是新縣長是客家人，會不會留任五郎呢？或是選舉時已有既定人事布局，五郎成為擋路的石頭。五郎想榮退與前任縣長共進退，但是醫生娘勸他稍微看一下風向，觀察一下現場交接時的氣氛。

果然新縣長有意冷落五郎，五郎大概也感受到這是政治，不是能力。難怪很多過來人會說與前任長官同進退，除非新長官有特別的關愛眼神。

「菊子，我想局長這個位置不做了。他沒有明說，但議會質詢越來越嚴厲，似乎是對著我來的，他也沒有替衛生局說話。」

「好吧！既然如此，你也六十歲了，就說屆齡退休吧，這個位置肯定是縣長選舉的布局，早晚也會生變的。」

醫生娘知道五郎的個性，面子很薄，不喜歡跟議員強辯，但預算被刪是對政務推廣的阻礙。當時有幾個衛生所在進行擴建，增加預算是攻防的重點，新縣長有新作為，當然安排裡面政治色彩相同的人馬，選舉時的貢獻者至關重要。

五郎又回到新埤繼續行醫，有的鄉親問他，為何在他任內沒有掃蕩密醫？五郎回答他們，在偏鄉醫療不足的地方，民衆有其需要，若沒人需要，密醫也不會存在。再說總統牌醫生，年齡較長，訓練也不足，其實兩者差異有限，要整頓則應一視同仁。所以非醫療不足的地方，取締密醫會比較緊，作爲優先處理對象。方圓十公里內有合格的醫生就不是偏遠地區。

黃昏是美麗的，退休就像落日，是燦爛回歸平淡之時。在他任內，大女兒、女婿在屏東開業會陪他，但大兒子遠在美國田納西高能物理研究單位服務，小兒子也結婚了，被醫院派遣參加中沙醫療團，遠在近兩萬公里遠的沙烏地阿拉伯王國，近波斯灣的最富有國家級醫學中心行醫，負責內科加護病房。

兒子媳婦們不在身邊感到寂寞，親人分隔三地。或許細膩的內心，期待兒孫的擁抱。許多人把兒女送到美國，不就是經歷這些痛苦嗎？

「父母在，不遠遊。」古人是這麼說的，但現代人爲求更好的發展、更高的收入，會把小孩送到國外，有錢的送到美國、英國、澳洲、加拿大或日本。但往往大部分孩子在異鄉生根後，已經西洋化，不適合回台灣，過低收入、低物質的生活。

五郎覺得知足常樂最好，但如何能安貧樂道，不忮不求？人生的理想，座右銘是入世呢？出世呢？世俗人的觀點又如何？年過六十之後，似乎回歸團聚的家是最好的。他突然有個想法，希望小兒子從台北醫學中心回鄉服務，回屏東克紹箕裘，或父子能常常在一起。不少鄉親也同時勸進，醫生娘也加入勸說，或許對女婿的綜合醫院也有幫忙。同時安排台大外文系畢業的媳婦到中學任教英文，兩全其美。的確這是不錯的安排，人生所為何事？不就是造福鄉里，做個有用的人，同時關心邁入老年的雙親。

小兒子也開始猶豫，到底學成醫術回故里，陪雙親好呢？或是留在都市學習更精深的學問。到底命運如何安排，或其他機緣會先到來。是責任、志向、理想重要或是名利重要？謀事在人，成事在天，自己總要邁出一步。而年輕媳婦的動向會不會成為關鍵？

其實很多年輕醫師，結婚後很有可能會到離妻子娘家近的地方上班。因為年輕的妻子有生育小孩、照顧小孩的大問題，婆婆能幫忙，或是娘家媽媽能幫忙就成為關鍵，小孩的教育也是重要的。二十世紀中葉是此問題的分水嶺，在此之前台灣仍是農業社會，男尊女卑的封建思想仍是主流，尤其在鄉下啟蒙比較慢，所謂的老舊思想，注重家族利益，而非個人，大家庭生活和三、四代同堂仍勝於小家庭生活。而且長輩影響力，掌握財產分配能力很大，尤其農村需要土地田畝耕種者，更需要長輩的幫忙。

離鄉背井的年輕人是不耕作的，從事知識技術有專長的工作。這是大時代的改變，每個家庭的適應都不同，家家有本難念的經。沒人能預料每個家庭未來會如何？

命運如果都能預料，人生會變得千遍一律或索然無味。考驗著每個人如何調適生命（命運）的曲折與變化，是宿命、順命、創命？任憑傳統禮教的約束或變革？北漂的青年大部分是變革者，爲創造更好的人生而奮鬥。

五郎退休後沒有局長的身分，也沒有局裡安排的公家司機，他的車是裕隆國產車，他的第一部車是VW的金龜車。曾經被大舅子開進農村的稻田中，修理後，駕駛方向盤定位未正，又沒油壓，不太好開。但反正在鄉下開車，速度不快，所以沒有換車子。

雖然退休，診所的病人仍然不少。五郎的母親八旬初，但精神好、脾氣倔，仍會爲家族的經濟和金錢往來有所主張，她希望五郎能繼續幫忙弟妹、親族。但是五郎認爲每個人自己負責就行，有資金需求，到農會處理就好。醫師娘會打圓場，希望採折衷方案，多少幫上忙。五郎自有打算。但是這些事情讓太夫人認爲是醫生娘從中作梗，五郎是他的乖兒子，不會如此絕情。日子一天一天的過去，借貸的事在家庭中仍未有理想的解決。

太夫人生氣了。

「我知道你的心肝，不用講了，都是聽你妻子的。以後我的後事，也不勞你們夫妻操心，我百年之時不用上前來祭奠。」嗓門很大聲的說。

醫生娘拉拉五郎的手，希望他放軟一些態度，五郎有原則，他覺得都成家立業，兒女成群應該要自力更生，沒理由要大哥照顧。太夫人把氣出在醫生娘身上，不管是有沒有幫家族發聲，就是給力不夠，也可能是兩人講好了。在村子裡不免數落媳婦的不是。

剛從局長位置退休下來，想清閒但還要煩惱家族的事，眞的是清官難斷家務事，更何況是自己家裡的。這樣子不平靜地不說話一個月，有些多嘴的鄉親又會到診所來傳話給醫生娘。七嘴八舌也好，明嘲暗諷也好，當然安慰醫生娘占多數，但總是讓醫生娘心情不開朗。

正値歲末鄰近農曆新年，尾牙那天是臘月十五日，這是五郎的六十二歲生日，大家替五郎慶生，孫子們都來了。那天是他近日來開心的日子，但是太夫人沒過來聚餐，託病不來。

他特別關心小媳婦肚子裡胎兒的性別，當時超音波顯示是女生，五郎顯然期待多一位男孫，雖然高興，但舒展不開眉頭。少了母親的祝福，他其實很在意，醫生娘也是，雖讀得出五郎的心思，但也無法解開。二十世紀初經過二次大戰的男人，仍保有男人的愛面子，很難低頭。話說出去了，不回收的，何況家族中，他是長子，當過局長，故鄉唯一有證書的醫生。

其實醫生娘勸他，私下支助，最後一次讓他們知道，以後不可以再如此。但五郎沒答應，這也讓醫生娘不悅，以前很多事，當做出決定有猶豫的時候，五郎會尊重她的意見。但她忘了在台北購置房產時，五郎從未軟化過。

不時村裡有人跟醫生娘說，她婆婆在建功村，廟前涼亭公開批評醫生娘的不是，高高在上，一點都不體諒弟妹、妹婿的難處。太夫人嗓門大，時常在廟口涼亭發表言論，很多時候是數落五郎父親的不是。校長都已去世四十年，她仍然嚥不下結婚早年的不愉快，妻妾問題對她而言是羞辱。她早年蓄積的火山能量，沒有被完全釋放，所以這是埋下婆媳不合的遠因，醫生娘也是替罪羔羊。

醫生娘是替罪羔羊的這個滋味不好受，五郎也挺不好受，父親永遠是五郎心中的遺憾，英年早逝。有雄材偉略，聰明過人，就是不善處理家務事。五郎夾在家庭的風暴漩渦中，也常被流彈擊中。在碗盤亂飛的家裡，五郎始終功課很好，有他的適應方法。所以太夫人在廟口批評，五郎沒任何回應，也不想去談，他堅持天下沒有不是的父母，父母養育我們，是天、是地。

孝者，順從陪侍無有怨尤。悌著，敬愛兄長，體諒弟妹。所以就無爲，等待時間，自然風平浪靜。家中吵鬧的情事，五郎有深刻的感觸，他對醫生娘始終如一。他從不跟母親頂嘴，大聲說話，有不同意見時，就是不說話，不說話就是最堅決的不同意。他有頑固的一面，就是在熱鍋上冷處理。

但是醫生娘的委屈，低落的心情，五郎看在眼裡，感覺在心裡。在生日過後的禮拜日，主動邀約醫生娘到潮州看花市，去屏東也可以。主動遞上橄欖枝，加上含蓄的微笑與關懷，醫生娘難得的滿足表情馬上顯露出來。看似糾結的家庭小風暴即將冰融，但是誰又能預知命運的安排，知足惜福的五郎又將走到哪裡呢？

沒有人知道明天會如何？無常是眞，還是沒有無常是眞呢？天有不測風雲，人有旦夕禍福。民間這麼流傳大概是古早時代氣象報告不準，現在呢？一樣嗎？

第十章

青天霹靂

春節的前一個禮拜日，天氣非常晴朗，在屏東的氣候是非常宜人的。每個家庭都在忙著辦年貨，布置家庭或大掃除。醫生娘正忙著過農曆年，兒孫都會回家團圓，製香腸、臘肉、烏魚子都是自己來，從前連年糕、發糕、客家臘豬膽肝（熟成一個完整的豬肝）、紅龜粄都自己親手做。但隨著農村的進步，有些食材也不需要親自手作，有現成品販賣了。

五郎看完早上的病人，約莫十點左右，突然間他問醫生娘有沒空，想不想到屏東看看花市，順便看他新的西裝可不可以試穿了，他眞的是心血來潮。醫生娘也沒有掃興，爽快答應了。西裝料是多米爾（Dormeuil）品牌的法國進口毛料，是小兒子從國外帶回來給五郎做整套西裝用的。醫生娘還誇布料選得好，顯得十分高尙典雅，藏青色的斜紋織法有光澤又輕，兩個人都很期待試穿。

果然老師傅的手藝就是不同，他說很少看到這麼輕量又光澤的西裝料，穿在高壯的退休局長身上就是不一樣。醫生娘心情好多了，也很滿意。離開西裝店，五郎載醫生娘到屏東花市參觀，並買了幾盆應景的花。後車廂裝不完，只好放置在後座左邊。裕隆車子不大，行李箱也不寬，醫生娘還得抱著一盆花。

回家途中經過內埔，剛好中午時分，五郎習慣到公路局車站，文昌廟前的一家客家粄條用餐。點了一些客家小菜，他吃了兩碗客家粄條，因為心情好，就多點了一些小菜，醫生娘也注意到他比平常吃多了些。個性安靜的他，還跟老闆娘多聊了些話。他在內埔有台大的學弟，也有不少舊識，也曾任內埔鄉衛生所主任，都聊得上。沒想到這會是他人生中清醒時的最後一餐，像戲劇一樣，最高潮的衝突與解決，高點轉為平淡往往是最關鍵的時刻，像夕陽一樣。最幸福的時刻，會有多長或短的像白駒過隙。

離開內埔，回新埤的診所只不過二十多公里，但是人、時、地的巧合，就是那麼湊巧的會在一起，這就是意外。下午一點多有位年輕人騎一台摩托車，急著奔喪，因他岳父剛往生，結果在支線進入省道主幹道時，闖紅燈，撞到了五郎駕駛的裕隆車，左後側門。醫生娘的盆花摔落下來的瞬間她大叫，五郎反射性地回頭望醫生娘，醫生娘一臉驚恐，同時五郎踩煞車的腳，因往後看的緣故，滑掉右腳往右邊移，誤成把油門踩到底，結果轎車爆衝撞到中央分隔島，整輛車飛到兩、三公尺地面高空，逆向摔到對方車道。

在這同時，迎面而來的是十輪大卡車，正好高速正面撞擊，不幸的事終於發生了。那天是三合煞湊之日，是不應該出門的，紫微斗數中煞星重逢、羊陀疊併是非死即傷的厄運日，就這麼多巧合，全給遇上了，沒人能料到。五郎昏迷不醒，醫生娘腰椎壓迫性骨折無法站立，那是從高空墜落壓迫的。車頭全毀，五郎肋骨斷了幾根，主要是頭部重創，救護車在潮州是少的，約二十分鐘才到出事的十字路口。

第一時間送往潮州劉外科，劉醫師是五郎台大的同學，由苗栗到潮州開設外科醫院。初步觀察沒有嚴重出血傷口，因爲意識昏迷建議送至高雄醫學院中和附設醫院，因爲是頭部外傷，可能腦出血，瞳孔沒異常放大。醫生娘鎭定下來後給了電話號碼聯絡在台北的么兒，其他都記不起來。但是劉醫師知道五郎是新埤建功的人，很快就聯絡到五郎的弟弟過來。送往高醫的車程約有四十分鐘，五郎不斷嘔吐，但救護車沒有隨行醫生，當時救護車沒有電擊去顫器，也沒有氣管插管的人員，爲何在潮州第一時間沒插管？也就是這樣了。

到了高醫緊急送往加護病房，並做了頭部電腦斷層掃描，當時在台灣也只有四、五年的臨床應用，沒有核磁共振檢查。神經外科教授認爲是腦幹嚴重水腫，沒有出血，頸椎未有嚴重外傷，治療以腦水腫爲主。但是不久發生呼吸衰竭，血氧過低，可能是吸入性肺炎，所以商請當時腸胃科權威陳副院長幫忙。一切仍以外科爲主，所以用鳥型壓力式呼吸器，沒有以潮式體積（計算肺活量為優先）爲主的MAI呼吸器。

當時呼吸治療科仍未成立，所以在呼吸器專業不普及的年代，有些關鍵細節不會被注意到，這也成爲五郎生命中的關鍵。小兒子在高醫全程陪了一星期，與治療團隊有充分溝通，但呼吸器的問題，血胸的處理看法上有分歧，但尊重高醫的處置。很多事情順不順利也都有命運的影子。

人生劇本到此，五郎未再清醒，一星期後在年初二走完人生。醫生娘該如何？她後悔那天去屏東，後悔買了這麼多花，後悔沒坐在前座，後悔她大聲尖叫，讓五郎回頭看她，後悔生婆婆的悶氣。太多太多的後悔都喚不回她的夫君，一輩子愛著她、守著她，完全忠實的男人。她完全失落了，沒有五郎的守護陪伴，剩下的日子怎麼過呢？

醫生娘用了三年的時間，才眞的走出傷痛。走了，才知道原來有多重要、有多好。老了，才知道老伴的重要。

那三年，餐桌上仍會擺設五郎的餐具，彷彿與他共餐。他的靈魂在嗎？他在另一個世界好嗎？他有遺憾嗎？太夫人也是一樣，她內心最重要的支柱，長子的離去，多少她會遷怒醫生娘，不然意外不會發生。村里的親族勸她意外是無常，不是誰的責任，這個疙瘩是不會消退了。醫生娘必須重新站起來，整理五郎留下來的診所，發現病患欠賬的賬本，厚厚的一大疊。有一些鄉民經濟不好，欠了又欠。或許有些人可以還的，但仍然繼續欠，五郎過世後也沒有人來還錢。有些賣菜、賣青蛙（田雞）的也用食物抵積欠的醫藥費，但是這些都隨醫生的過世都不存在了。

么兒最終沒有回鄉接五郎的診所，雖然那是醫生娘所期待的，或許也是五郎期待的。計畫都打亂了，將來又該如何！醫生娘腰部的壓迫性骨折，需要好好的養傷。漫長的療傷過程，最先來的竟然是婆媳問題，上一代的未圓滿解決，下一代的，正在醞釀著，難道女人就脫離不了婆媳問題嗎？

假如沒有車禍意外，或許么兒會回故鄉行醫陪父母。主要因爲他在民國七十五年任職行政院衛生署諮詢委員，當時任防疫處長的莊徵華醫師正是五郎的舊識學弟；以及接下台北馬偕醫院血液科主任後，他回鄉服務的意願就打消了。在家鄉行醫的單調生活，不是受年輕媳婦歡迎的。

處於不同年代婆媳問題會不同嗎？從古時候的孔雀東南飛的悲劇，難道二十世紀會有不同版本嗎？或是這是婚姻制度中永遠存在的問題，也就是對愛的爭奪，對持家主導權的爭奪，是兩性問題的延伸，是身爲男女以及兩代間親情與愛情無法兼顧的基本面，也就是每個家庭有本難念的經。

大女兒是醫生娘所倚重的，大小事都會徵詢她的看法，大兒子長年在國外，奔完喪就回美國，在路易西安那州立大學教物理。醫生娘寡居在新埤，有時會到屏東市女兒家小住。

新埤村沒有五郎，醫療成了眞空，幸好還有衛生所可以看診，不久後接骨所的整脊師蓋了一家診所，請了兩位有執照的西醫駐診，也算替醫生缺乏的偏鄉解決迫切的問題。

醫生娘就退休不再是醫生娘了。雖然有時鄉親會過來探望，但是就是聊聊過去吧！人生又翻過一頁，開始眞正過退休的日子，迎接老年人的銀髮生活。

鄉下沒有什麼老人會，客家人很務實，耕田種菜的農活就夠累了。五郎的母親就是如此，八、九十歲仍享受種菜的生活，收成多就擔菜到市集賣菜。

以前這麼做，醫生娘會說兩句，畢竟有些村人會覺得是否老人家手頭不寬裕才會出來賣菜。兒子當醫生，老媽還出來擺地攤賣菜，觀感不太好。但沒有人體會老婦人需要社交互動，種菜是體能運動，賣菜是另類人與人的社交互動，何況又有小錢可以賺，又可以晒太陽。

老婦人四十多歲就守寡，她的日子怎麼過的，還不是維持一貫的日出而作，日落而息，天行健，老婆子也健。她從不在意別人怎麼說她，長發嫂是村裡的楷模，但從未受到表揚。而醫生娘卻是屏東縣的模範母親，或許長發校長與長發嫂的摩擦使得她失去模範母親的表揚，即便完全符合古人貞節牌坊的條件。

人啊！脾氣不能太硬，否則沒人有勇氣跟隨。同樣的，模範員工多半也是規矩，乖巧，不特異獨行的。功高震主者永遠不會是模範員工。

第十一章

走出悲傷，
跌入另一個憂傷

太夫人長發嫂的硬脾氣，連長發校長都不好處理，但她跟校長父親卻是分寸拿捏得恰到好處，她是唯一的媳婦，同時她與過門的議員（長球嫂）妯娌卻是相處的不錯，互相尊重。當議員的當然有政治手腕，而長發嫂就是吃軟不吃硬。

五郎過世後，醫生娘與婆婆的關係是有改善的，她們都懷念著他。該有的禮儀，節慶的敬老，醫生娘都會要兒子、女兒帶話和帶禮過去。這樣子也走過十四年，或許她們一同分享思念的傷心。

醫生娘種花不種菜，雖然後院仍有菜圃與果樹，果樹非常多種，幾乎不用買水果。但她還是喜歡種花，玫瑰花、菊花、蘭花。常有姊妹淘會過來探訪，她總覺得應該要有事做。五郎過世後，她沒心情也很少彈鋼琴，但喜歡聽音樂。少了診所的業務，動得少讓她不舒服。後來有機緣加入了外丹功社團，她勤學外丹功每天早上在國小做外丹功，後來成了指導老師，還參加在南投舉辦的師資研習營，她成了村子裡的外丹功老師。

民國七十六年台灣解嚴，兩岸三通開始，突然日本變成很熱門，日語人才需求量大增，很多日本商社在台灣成立辦事處，比台日斷交前更熱絡。「台灣錢淹腳目」也是那個時代開始，除了日本獨領風騷外，台、港、新、韓四小龍崛起。很多年輕人希望能學好日語，一般只有大都市有日語課，潮州及屏東多數鄉鎮都沒有日語教室。

新埤人想到了留學日本，講日本語如同母語一般流利的醫生娘，是標準的東京腔，不是一般教授的大阪腔。年輕人找上醫生娘，請她開班授課。記得嗎？醫生娘結婚前是內埔國小六年級的老師，有不錯的教學經驗，所以她欣然重拾教鞭，作育英才。她教學認眞，收費便宜，村子裡年輕人更喜歡她了。

這樣子幾年光景過去了，本來也就採菊東籬下，悠然見大武山的日子，平靜自在，但是卻又被打斷了。大女兒跟外孫打算移民加拿大，爲了孫子的前途與學業，俗稱恐共症，跟著潮流出國，成爲小留學生。他們用的是投資移民，在民國八十年是很多人採取的移民方法，尤其是開業醫生。小孩有兵役問題，所以最好在十六歲以前出國。大人每年停留在加拿大三、四個月即可，其餘時間可以留在台灣繼續執業。女兒覺得剩下的八、九個月單獨留兩位小孩在加拿大多倫多，或寄宿學校沒有大人照顧不可靠，所以腦筋動到醫生娘身上。醫生娘已經收了幾位學日語的學生，在家鄉舊識中過得好好的，爲何要陪孫子移民加拿大，沒什麼道理呀？

或許是老大的關係，或許是因緣相欠的關係，醫生娘被說動了，去了加拿大陪孫子。

兒子們是有意見的，不僅是家族，五郎留下來的家園，如何管理？當時醫生娘的老母親過世不久，大兒子的第一段婚姻以離婚收場，接著第二段自己在婚友社認識的對象，老是向家裡索錢。

大兒子後來在國立大學任物理系教授，有學校配的歸國學人宿舍，但醫生娘出資在左營買了間電梯大樓的華廈，已經日子過得很好，爲何還需要金錢，也不是做投資的事。娶了相差十五歲的年輕媳婦，生了一男一女，應該是圓滿順利的事。但爲了金錢，婆媳關係不好，因此大兒子與醫生娘越來越疏遠，甚至無法聯絡。

所以醫生娘也有些心情低落，到加拿大陪孫子留學，也沒有請教別人該如何在國外與孫子相處，又會遭遇什麼問題。她總覺得若是五郎在身邊就好了，不會有這麼多人生的抉擇，在故鄉安養老年。這對很多家庭而言或許不是什麼奢望，但是對她而言，卻是虛無縹緲。

其他姐妹沒多做建議，畢竟陪孫子留學，既不享受，還有不少的責任。有時老人的價值，不能太輕易讓出。年輕人或許會打長輩的主意，那又該怎麼辦？大兒子就已經是個例子，看不見噓寒問暖，盼不到承歡膝下，換來的是要求遺產分配，活著時好手好腳尚且如此，將來衰弱時又會是什麼臉色？

這次大女兒提出這個難題，她實在沒把握，也沒有高興的地方。雖然說外孫是她從小帶過，但長大成青年的相處又是不同的課題，醫生娘還會願意去加拿大嗎？她沒有想過要陪他們幾年，屆時是陪著拿到加拿大國籍，是否就此遠離台灣的兒子、孫子、兄弟姐妹？若不是跟著女兒，女兒會陪她到終老嗎？在多倫多會另外結交到朋友嗎？那是熱鬧或是孤獨封閉的？值得去嗎？

「你想好喔，加拿大這麼遠，我們無法幫助你。冬天又冷，也沒熟識的人。」大姊好心提醒，作任何事先想清楚不好的一面。

「是啊！我也很猶豫，但是女兒、孫子需要我。想想看他們才十五、六歲。也不放心。」

「小的孫子不是要入住寄宿學校嗎？」

「是啊，但是放假時候，總不能還待在學校吧。」

「你就不替自己想想嘛！這是很大的付出。再說你也有年紀了，身體隨時會出變化，這也是要考慮的。不是嗎？」

「是啊，兒子也不贊成，他們說這是苦差事。」

「百合他們夫婦到底打什麼主意，是為你還是為他們全家？」英子也有疑問。

「他們說若移民成功，加拿大福利好，又不會有共產黨的問題。」

「都是他們說，你不會自己想？退出聯合國那幾年移民出去的，還不是回台灣繼續做股票。」

在台灣七十年代就有不少家庭面臨這種問題，結果老人留在台灣，小孩全家移民。最後台灣的老人不能照顧自己的日常生活，結果住進了安養院。前幾年小孩會安排每個月的照護費，幾年後音訊全無。連老人過世了都不知道聯絡得上誰？更不用談欠繳的費用。這是誰的錯，是誰被遺棄了。又是誰造成這個結果？父母對兒女的愛是自然的天性，但也是一廂情願。

「走一步看一步吧，百合一直拜託我，我拗不過她。不然先待幾年再說。」

「你一定會後悔的，我聽不少類似的。即使女兒、女婿都移民過去，女婿還有高堂父母健在，你的位置在哪裡，你實在傻到不行。」大姊批評，毫不留情。

「好啦，別再說了，就算我的剩餘價值好了，至少被需要，而且是幫助自己的女兒又不是別人。」

醫生娘在多倫多附近的郊區，待不到兩年就回台灣了。因為外孫上了多倫多大學，可以自己照顧自己。醫生娘不會開車，英語不夠好，當地又是法語區，華人很少且多半是年輕留學生，生活不方便，尤其小孫子念寄宿高中，假日才回家。加上有了年紀，廚房瓦斯偶爾未關妥，就成了安全的議題，原本是小事，但大孫子覺得多個外婆沒有比較好，也沒空帶外婆四處看看加拿大洛磯山風景。而且大學裡活動很多，他又被選為多倫多台灣同鄉會副會長，社交活動也會在家中舉辦，而醫生娘介在年輕人中間是不被理會的。

醫生娘知道這種滋味，只不過自己帶的外孫變得有距離，著實傷透了心。她來，是為了把他們照顧更好，但是似乎是多餘的。

默默地醫生娘黯然離開多倫多。其他地方她都沒去玩過，諷刺地她對加拿大還是很陌生。加拿大有很多美景，就連落磯山秋天的楓紅都沒機會經過。

✽

回台灣後親友的熱絡關懷，漸漸讓她釋懷，年輕人的代溝，尤其是美國、加拿大，老年人是被疏遠的，必須自己過生活，天倫之樂只有感恩節、聖誕節，其餘時間年輕人獨立，各過各的，除非經濟上需要父母幫忙的。

醫生娘的姊妹出了主意，邀約到歐洲旅行散心。豐田娘家親友熱烈響應，全部加起來十一位，加上導遊共十二人，是個小團體，沒有加上其他不熟識的人，二十一天的旅程，他們玩得開心極了。

這是醫生娘首次歐遊，總算圓了夢。之前五郎不喜歡出國遊玩，他認為風景都差不多，看看圖片就可以了，不用親自踏上那塊土地，在五、六十年代醫生娘去了日本幾回，如參加東京萬國博覽會、短期家政大學同學會，看看日本教授及同學。五郎常推託故鄉開業忙，無法請長假。而醫生娘到日本，一住就是一個月，像回到第二故鄉，但五郎說什麼都不肯再踏上日本國土一步。

第十二章

婚姻的時代變化

五郎在認識醫生娘之前，在名古屋帝大醫學部就讀，兼家庭教師，認識了學生的姐姐，兩人互相喜歡，那應該是五郎的初戀。但是日本人看低台灣人，所以此段感情剛萌芽就被摧折了。加上二次大戰正在火線上，日本許多年輕人被送上戰場，台灣人也被大日本帝國編入軍隊，大部分送到南洋戰場，如新加坡、馬來西亞、緬甸、菲律賓等地。在日本留學的台灣人有兩種不用下部隊，醫學生未畢業者留在學校學習；學工程、機械學科者，留在工廠，尤其是製造彈藥、軍需用品、裝甲車輛、大礮等的生產線以便加強生產。五郎是醫學生，所以未被徵召入伍。

烽火綿延，台灣也常被美國轟炸，但日本更慘烈，名古屋是工業城也是重點城市。五郎選擇轉學回台灣第八帝國大學（現今台大）就讀，回台第二年大學五年級時與醫生娘結婚。醫生娘知道五郎在名古屋有喜歡的女子，也同意把她的和服照留在家族相簿中，他相信五郎會一輩子忠於她，有自信且不懷疑愛人的眞心，所以後來五郎不再踏上日本國土。

小兒子曾邀父母到美國一遊，順便看長子的高能物理實驗室。計劃一個月的自助旅行，但當時五郎任職屏東縣衛生局長，一來政務在身，二來身爲二二八事件遺族在民國七十年仍不容易出國旅遊或考察，有限度的管制，因爲戒嚴仍未解除。

所以醫生娘出國旅遊都未能與五郎同行，這也是他們的遺憾。五郎沒說話，但他眼中世界只是個縮影，到那裡看風土人情，基本上是一樣的，世界遺產的多樣性也只不過是地貌而已。

幸福是內求的，平淡的日子才是最眞實的，所有奇聞軼事都大同小異，且一再重複。從某個角度來看，鄉下的醫生也是入世隱士。萬物皆備於我，其他新鮮事都是多餘的。醫生娘常說他，賺小錢花小錢，物欲不高，賺大錢又何用？他自始至終都推崇叔本華的哲學。三十年代的日治台灣大學生閱讀了大量西洋哲學，因爲日本明治維新，摒棄了學習中國，而向德、日學習，女性則家事時裝方面學習法國，短期家政學校源自法國。當時男士穿燕尾服、戴高帽、拿手杖來表示紳士身分。

五郎不在身邊的日子，醫生娘有更多自己的時間，經過三年的喪夫悲痛期，才走出灰暗的心情，又從多倫多不愉快的坐移民監，回到台灣正想做點什麼事來怡情養性，大兒子的第二度婚姻又發生問題，媳婦捲款，假裝跟朋友在澳大利亞投資，就一去不回，就連左營的丈人、丈母娘都不知道她的去處。應該有不名譽的事，也暫時不便告知父母。拋家棄子，留下兩名不滿三歲的幼子，這需要多大的動機。

醫生娘想幫忙帶長子第二次婚姻的孫子、孫女，但不被接受，而且兒子不跟醫生娘聯絡，他把幼子放在左營媳婦娘家照顧，媳婦跑了，但還是想給孩子完整的家，所以請丈人、丈母娘照顧，他把這失敗的婚姻歸因於醫生娘沒有分更多父親留下來的財產給他們。其實媳婦在婚前結交許久的男朋友就移民在澳洲，她的前緣未了才是重點。從此二、三十年過了，母子兩人也沒再見面。

醫生娘的老年規劃完全被打斷了，雖然小兒子在台北願意接她上來住，但是小媳婦跟她關係也是緊張脆弱的。主要原因是她主張門當戶對，有長輩安排相親才是妥當的。但是她沒想到六、七十年代的大學生有自由戀愛的風潮，年輕人社交活動很多。新生舞會、家庭派對、社團活動、校際醫學院交流、救國團寒暑假自強活動，以及客家六堆旅北同鄉會……有很多年輕人的交流，就連放長假的返鄉學生專車（火車）都是不錯的交流平台。

醫生娘認爲她的兩個兒子很乖、很正直，認眞讀書，尤其醫科功課繁重，不至於有時間交朋友，所以她覺得到醫科五年級，學習臨床課程時再來安排相親就好了。但命運中每個人，紅鸞星動的時間不一定相同。

其實古人婚配、合八字，也就是男女雙方命盤中八字相合者才是符合天的安排。但這不一定是最麻吉的，有天作之合，但不少無法偕老。先天的相親仍需後天的陪伴相處與經營。她不相信乖兒子們會違抗父母的命令，尤其是婚姻大事。

醫生與醫生娘學科學的，沒有學習玄學、陰陽五行，他們是不可知論者，相信人的作爲可以改變很多事。當醫學生的小兒子把女朋友帶回家讓父母認識之後，父母親極力阻擋，不准兒子違抗。在家書中寫道：

「兒子！你是不是腦子裡壞了，爲何不理智到這個程度，門不當戶不對都不是我們可以承擔，認同的……父母是爲你好，看看你姐姐的例子，聽父母的才對。」

「爸爸，感情的事，勉強不得的……我們已經交往多年了。」么兒打了電話回家解釋。

「你不要強詞奪理，近期爲父有一位大學同學，在美國做精神科醫師，他的夫人會到醫院看望你，你要放下工作、課業陪她見面聊天，不可以怠慢。」

「嗯嗯，知道了。」

五郎相信有長輩主導的相親是最好的安排，自由戀愛？連對方家的底細、祖宗、家族都不認識，也沒打聽有什麼遺傳疾病，憑一時荷爾蒙衝動的感情，將來後悔也來不及。

那天果然到了，父親的同學精神科醫師夫人到醫院來。和年輕的小兒子相互自我介紹後，聊了一些醫院的工作，也知道對方通過ＥＣＦＭＧ美國對外國醫師學歷資格考試。所以很快接上主題，有無意願到美國發展執業，當然也拿出她女兒就讀ＮＹＵ紐約大學的照片。該次會面一切看來都好，氣氛上也很恭敬，因爲么兒答應了父親，做出尊重的回應。

同學們在值班室豎起耳朵在聽，事後還不時揶揄，要去美國了，並且向他的女朋友打小報告，幸未釀災。事後父親跟他美國同學討論此事，只好以尚未有移民美國之打算，所以作罷，其實五郎也不希望兒子移民美國。

談戀愛就是要看對眼，有來電才行。送作堆的相親，甚至圓房時才掀開蓋頭看清楚對方的長相，那才是最大的賭注。大人看好的，年輕人不見得中意，婚姻是人一生中最大的功課。然而醫生娘本身的婚配是大哥幫她相中的，五郎是大哥高雄中學的學弟，又同是旅日學醫。而且當時很多念醫科的，家族中早早就有媒婆會來提親。有可觀的嫁妝，可以協助開業行醫，不同的醫學院也有嫁妝的行情。

五、六十年代工業不發達，公司行號不多，到了七十年代才有出口加工業及紡織輕工業，銀行及人壽保險正在起步。相對的醫生職業穩定，風險低，社會地位高。所以有底氣的商家，有錢大戶都願意把女兒嫁給醫生。那時是丙組，更早年醫科是甲組。甲組的狀元多半是台大物理系，後來才轉變爲電機系。因爲民國五十五年美蘇競爭太空領域，後來實現登陸月球，所以非常需要物理人才。到了七十年代以後電腦工程起飛，電機系才變得吃香。但是念物理或是電機系都必須出國深造，念醫科不用出國，所以是最務實，又穩定的職業。

醫生娘相信傳統，女兒原來的男朋友是外省籍念工科的交往了兩、三年，但是被她說服切斷了第一段情緣，聽了媽媽的話，嫁了念醫科的客家人，雖然出生農村，但當了醫生就有不同的社經地位，讓家族有面子。尤其醫生娘大姐的女兒，本來也打算安排跟老醫師的兒子相親，但她堅持反抗到底。可是醫生娘卻說服了女兒，嫁了婦產科醫生，這點她覺得很有面子。

所以她認爲她的三個小孩都很乖，會聽媽媽的話，沒想到念醫科的么兒頑強抵抗，但她也不想放棄。只不過在當時覺得不錯的對象不多，身材不夠好，對象旅居國外，或學識高的也不多，怎麼看都沒有中意的，媒說奇怪也不多。幾位同學的女兒，醫生娘也沒覺得那位特別有她的緣。

又到了醫科畢業典禮的時候，五郎跟醫生娘高高興興到台北國父紀念館參加兒子的畢業典禮。當時兒子也邀女朋友一同來參加典禮。這回五郎先遞出橄欖枝向未來的媳婦表示歡迎，他的理由是既然反對了這麼久，年輕人還是在一起，意志堅定，而且大學生活有很多機會卻沒有動搖是值得尊重的。

那天天氣很好，兒子的女朋友穿著一襲淡紫色的小花洋裝，很典雅，有氣質，搭配外捲的中長頭髮，髮型也好看，清純秀麗。醫生娘環顧四周看看其他準醫師帶來的女孩們，也沒有很出色的，反而覺得兒子有眼光，她同意兒子的選擇了，誠心寬慰的接受。

第十三章

都市裡來的新朋友

五郎安慰醫生娘，人生不如意十常八九，假若我們降低要求，那麼很多事情都可以看得開了。

「我看時代變了，你的媳婦們都很有個性，都擁有高學歷。擔心你將來不適應，跟他們相處可能還是保持一點距離會好一點。」

五郎嘆了嘆氣，他眞希望兩人可以享老福，但是也要有這個福氣跟緣分。

「我們養的小孩太過單純了，個性太溫和，都讓媳婦牽著走，怎麼學不會多一點心思，腰桿子硬一點。」

「怎麼硬啊！讀書人總不會耍心機，就是很單純。」

「是優點，也是缺點，將來軟土深掘，不會像我們丈夫說什麼，做妻子的沒有不尊重的。」

「我看兒子們是被女方中意的，他們比較害羞，他們不會主動……就是會吃虧。」醫生娘就是很難苟同。眼光是什麼？

「我啊！就是勞碌命，沒那個福氣有個貼心的媳婦。」

「貼心！到天涯海角去找囉！」

五郎陪著醫生娘也只是讓她說出情緒，免得鬱卒。別人看來很登對啊！也很相愛，有什麼不好呢？

事情就出在「奇蒙子」上，那種心理感覺不愉快的情緒，不是如她所期待的氣氛。難道我們對子女都該有期待嗎？期待是執著嗎？有個小確幸或夢想是執著嗎？

那是價值觀的問題，就像穿搭衣服一樣，風格每個人喜好不同，思想哲學和人生觀也不同。也就是說七十年代以後年輕人有自己的想法，那是走出農業社會後，大家庭生活已逐漸轉變爲小家庭，年輕的媳婦是小家庭的女主人，提早當家了。一個家庭是容不下兩個女主人的。廚房只能屬於一個人掌廚，廚房對女人而言是領域分明的。除非另一位是正在學習烹飪手藝，但等學成之後，人是善變的，至少是會變的。曾經麻雀變鳳凰，飛上枝頭各領風騷。

那場車禍帶走了五郎，醫生娘的天沒了，人生也變了，現實浮上檯面。媳婦有各自小家庭的問題，也會影響婆媳關係。婆婆通常站兒子這邊，媳婦也不會退讓，堅持其權益，這是普遍的現實情形。諸多摩擦能否各自放得下，或者日積月纍，蓄積能量成爲更大事件的導火線。

五郎走後，醫生娘獨居，長子離婚後再婚，三年後妻子又出走澳洲。么兒在台北醫學中心發展，只有逢年過節才回新埤團聚。果然如五郎預言的，她無法擁有媳婦伺候的日子。

醫生娘也心理有數，時代變了，她不能像上一代般有兒孫滿堂，享受被伺候關切的生活，自己必須能自力，不能靠孩子，他們各自有事業。

從加拿大回國後，她學會安排生活。日本語學堂關了沒關係，早上到國小義務教授外丹功，下午整理花圃，閱讀報章雜誌，需要社交活動時到屏東市參加長青學苑。

她參加了國畫班，愈畫愈有興趣，老師教的是嶺南畫風，醫生娘及同學們多半臨摹老師的畫作。有得意的作品就裱框起來，不少朋友向她拜求畫作，有時作畫起來不眠不休。醫生娘的個性就是如此，兼具射手座與天蠍座的特點，朋友們都暱稱她為「勇伯」。

她在新埤結交的朋友叫「麗子」，比醫生娘小個七、八歲，先生在台北經商成功，到屏東的建功村買了十幾畝地，養各種魚。麗子從台北下來自然就跟醫生娘做了交心的朋友！她的飛雅特小車子載醫生娘北上南下，到屏東上長青老人大學，長青班很多活動，唱歌、插花方面，醫生娘可以當老師。所以在那邊，她很有存在感，被需要也有貢獻，簡單地說有她的舞台。

長青學苑也舉辦郊遊，到外縣市或出國旅遊，醫生娘是最常被點名上台獻唱的。當么兒跟媳婦回鄉探望的時候，她很高興地引介他們夫婦到長青學苑歌唱班展現歌喉，說有她的遺傳，醫生娘享受朋友的羨慕與美言，她甚至希望兒子回屏東開業，她就會更幸福。

許多優點加在一起，不一定是美好的；保持一些距離才能維持美感的長度、持久度。太多好的事加總一起，就不足爲奇了。有點缺乏才會有渴望圓滿，天天都圓滿就太單調了。

像月亮有陰晴圓缺，有下弦月、上弦月，勾起了愁，勾勒出愛恨。我們的心情若像月亮也不錯，便會期待有滿月的幸福，那就是兒孫回家團圓的時候。年輕人有思想，醫生娘想著，少摩擦就會創造美感，五郎曾感嘆的勸她婆媳問題是幾千年來人的本性。每個人胳臂往內彎，若不是如此，就是上輩子修來的福氣。

修養是什麼？老年人的功課就剩下修養，修脾氣、修看不慣別人的作風、修能夠原諒的心。養什麼？養身體健康、養禪定不動的心、養天地正氣，法古今完人，現在的年輕人正在社會大染缸磨練，修養不是要緊的事，提高能力、競爭力才是。那麼退休的人士呢？戒之在得，所以修養就是學習放下。

醫生娘逐漸放下了，只是她的舞台變化太快，從高點到低點就只有幾年的光景。比上不足，比下有餘，她自我解嘲時說給麗子聽。

麗子深有同感，六十年代在台北做生意，還經營北投溫泉旅館，一切都順利，後來石油禁運，股市大跌，加上中日斷交，食品進出口受到打擊。所以股東退出，解散了公司。於是找到建功這個與世無爭的桃花源養魚，培育吳郭魚新品種。麗子也很不習慣在鄉下沒朋友的日子，加上丈夫變得不理她，因爲會嘮嘮叨叨。

麗子不明白爲何到鄉下退休的男人，還熱衷魚的配種。

「男人就是目標導向，有興趣、有競爭、有成就。」

「是嗎？五郎醫生就不是這樣，他悠哉悠哉不是很好嗎？」

「他很能待在家裡、診所裡，病人就是他的興趣，還有啊！天天看股票，他說散戶八成都得不到好處，台灣的股市很難預測。他很宅的。」

「那爲什麼他還在看盤，選績優股放長線就好啦。」麗子見識過台北延平北路的老商賣怎麼投資的。

「我不想管，也不能管。那是他的嗜好，看各種平均線、下影線，什麼肩線、量價是逃命線。你看他自己做的本子，什麼線都有，還說經濟日報的報導看看就好，消息面的馬後炮式評論，事後諸葛。」

麗子這時候很認真的跟醫生娘說：

「股市是個大坑，沒有消息面的，不常常看盤的，就像很多醫生無聊做股票，輸了一屁股的很多。」

「知道啊！男人有熱衷的事，都是很難改變的啦，我勸他有限度的做。你看我明明想買台北的房子，他就是推三阻四，結果錢不是被女婿借去，就是投在股票市場裡。他啊！很沒賺大錢的命。」

「啊呀！醫生娘，你很幸福了，兒子當醫生，老公又乖乖守在身邊，錢多錢少有什麼關係，我們來找一些消遣吧！我們家老公把我當隱形人，好像不存在的樣子。」

麗子接著說：「他最近跟新來的女祕書還蠻接近的。」

「那你怎麼辦？」

「還能怎麼辦，還好住在客家農村，我看他能怎麼樣。」

「是啦！村子裡講的八卦，不要放心上，其實他專心研究，也有年紀了，不會如何的，我們氣度大一點。」

女人的幸福就在家庭，幾千年來都是如此，有小衝突、有三姑六婆，親朋長輩會息事寧人。但是都市的小家庭可就不一樣了。

✽

五郎逝世後，麗子更加勤快地黏在醫生娘的生活圈子裡。

相濡以沫，可以這樣形容她們，形同姐妹般的情感及生活上的結盟，就連醫生的姊妹也會揶揄她，天天膩在一塊。

索性醫生娘把麗子介紹給姐妹們，大家互相認識，在生意場穿梭，經營人際關係是麗子的長才，應對得宜、落落大方，這也是醫生娘喜歡她的原因，但就是身子骨單薄了些。

二、三年過去後，由於長期需要開車，從新埤到屏東長青學苑，參加老人、退休人士、銀髮族活動。開車也有三十多公里路程。麗子邀醫生娘同住，她在屏東市買了一間公寓，兩個人一起生活，參加銀髮族活動。在屏東麗子沒有人脈，醫生娘有不少舊識，又有前衛生局長夫人頭銜的加持，女婿又任屏東縣醫師公會理事長，加上是溫縣長的助選大將，所以她們在長青學苑很有人緣。

主要是熱情，適度的交際又不會強勢領導，所以人緣很好。有的團體會容易形成幾個人的小圈圈，醫生娘與麗子也是她們拉攏的對象，等距交誼是她們倆的共識。

遲暮時光總是過得很快，人一旦過了七十歲，時光機器好像加速了。尤其是身體的退化。長春學院的銀髮族當然也是如此，每家各有問題，有退出的、有新加入的、有家庭變故的，人越來越憔悴就不再來了。

醫生娘膝蓋不好，加上十幾年前重大的車禍壓傷了腰椎，雖然骨質疏鬆不嚴重，但是行動力打了折扣。麗子也因爲家庭及兒子們問題難以處理，所以不能與醫生娘同住在屏東市。四、五年的合作，就回到以前的關係，但是醫生娘仍住在屏東市女兒家，麗子回建功。女婿則在五郎的原建功診所改名爲成功診所開設家庭醫學科。緣起緣滅，聚散總有時。

第十四章

家政學校的校友會，命運與順服

五郎過世匆匆十年過去了，前六年是哀痛期，至少經過三年才走出來。後六年，長子與大媳婦離婚，雖然他們的婚姻是父母決定的，對象是五郎台大同學在台南開業醫生的女兒，在美國結婚後育有一女，七年後個性不合離婚。回台在國立大學教授物理，經過婚友社認識年輕的對象，但是再婚的媳婦不久後又離家出走，遠走澳洲，留下兩名年幼子女。到底誰該爲失敗的婚姻負責，傳統的媒說當然是門當戶對，婚友社是年輕人自己決定的。問題是出在個性使然或是運氣不好？或是冥冥中有命運的影子？而小兒子與媳婦、孫子都在台北，陪伴時間只有連續假日及年節。

有幾回是醫生娘上台北小住，多半是一星期，主要是兩位姐姐已經搬到台北多年，也都是守寡與兒女同住。一位大弟從學校退休後搬到龜山，也是同兒子住。當然姐姐們也邀醫生娘上來台北住，但是她覺得都市生活，人與人的關係很淡薄，鄰居也不相往來，尤其是電梯華廈，即便一、兩百戶的社區，也很少互動。所以她認爲只要自己有能力生活，她不選擇搬到台北住。她愛鄉下的生活，台北沒什麼舊識朋友。

有幾次上來台北是爲了參加東京家政短大（花娘學校）的同學及校友會，她們的老師還從日本過來，同學會規模有六、七十人，當然後來台灣校友也組團回訪日本同學，這些歷經二次大戰期間的校友感情是非常深的，有些台灣同學已葬身於沉沒的高千穗丸號輪船。談到烽火下的家政學校生活的點點滴滴恍如隔世，劫後餘生。

她跟桂子姐及喜富美子（嫂嫂）都是同班同學，日本同學對她們視爲大日本帝國的同胞。在東京的花娘學校後來也轉型爲技術學院，原有的規模已經不見了。

銀髮族最喜歡回憶雙十年華的生活，那是無憂無慮、多采多姿的黃金歲月。又正值大戰與工業化革命的大時代，她們見證了很多人性的光輝，當然也見證了許多煉獄般的悲劇，還有大時代無可奈何的事。

在同學會裡，醫生娘聽聞一位學姐訴說台北第三女高的同學遭遇。她是延平北路一間百年歷史的國民學校老師，家住瑞芳附近，所以空襲時候，交通不便便留宿學校附近，當時街頭慌亂，但學校照常教學，林老師也不例外。

「你知道嗎，住在瑞芳由美子的事情嗎？沒人想到會這樣。」

「她家不是很有錢嗎，人又很聰明，成績很好啊。她怎麼啦。」

「還不是戰爭惹的壞事，也是沒辦法處裡的。」

「什麼事，呑呑吐吐的？」

「她回台灣後就到學校教書，就是遇到空襲嘛。」

「空襲怎麼啦，炸到學校了嗎？是受傷或更嚴重嗎？」

「父母不放心，要她辭去教職，回家躲戰火，但由美子覺得台北到處都一樣，就是躲防空洞，除非美軍登陸，否則都一樣。」

「她怎麼這麼大膽不跟家人在一起，戰亂時有什麼人照顧妳。」

「還能有誰，還不是她母親囑咐礦場工頭王先生有空多關照。」

「這樣其實也可以，總比沒人照應好。」

「你看，連你們都這麼說，你們就不會想會有什麼不周到的事或意外嗎？」

「路途遠，不方便？」

「也不是，畢竟王工頭家住台北附近，下工後照應方便。」

「那到底怎麼哪？」

「年輕人的事啦。」

「多次的接觸，空襲時的共同避難，別人還以爲他們是情侶呢。」

「喔，那有可能，這樣想下去，就……趕快說結果怎樣？」

「其實王先生有自己的家庭，且結婚生子。但是答應礦主人要照應他家千金，他也義不容辭。」

「有時美軍轟炸是白日接夜晚的，雖不是日以繼夜，但也是密集轟炸，有時是報復性質的。若有美國軍艦被擊沉，日方會大肆宣傳，發放糧食的配給，美國若勝利攻克據點，就會空飄傳單，要台灣投降。你來我往持續一、二年。林老師因此戰亂，不常回瑞芳的家。」

「停電是很平常的事，在月黑風高的夜晚一人獨處是可怕的，林老師希望身邊有人作陪，所以拉近了兩個年輕人的距離，發生了戰火情緣。」

「所以她們就在一起了，這也是常理啊。那後來呢？」

「大肚子啦！一男一女。」

「雙胞胎啊！」

「不是啦！太平洋戰爭打了四年哪。她又不能回家，鄰居會說話，長輩也是。」

林老師終於很難回家了，挺著大肚子又未婚是不能回家見父母親的，當時民風十分保守，加上礦主身分是無法接受這樣的事實。

「一般家庭是掃地出門，礦主夫人疼惜女兒，在學校附近買了一棟房子給由美子。她繼續留在學校教書。」

就這樣子爲了學校，爲了生下孩子，在台北市開啟她春風化雨的日子。

「是啊，日子還是得過，也有兩個小孩要養。那王先生有繼續照顧她們嗎？」

「台灣光復後，王先生回到他自己的家，當時工頭的位置也被拔掉了，他也不再過去照應林老師。畢竟他也有自己本來的家庭。」

「那他們後來還在一起嗎？分開了喔！」

「由美子非常失落，不能回自己的家，又不能落戶。帶著一女一男的她，在當時的社會裡是很難再結婚的。她沒有再婚。」

「好悲傷喔，也好像沒有更好的解決方法，只能說是命運捉弄人。一切過錯都是戰爭造成的。」

「那後來呢？」

「同學會時她已經退休，女兒也是國小老師，兒子很有出息，是社會賢達，但是她的戀兒情結，傷害了兒子的婚姻。她不同意兒子的選擇，因爲門不當戶不對，又有省籍問題，所以硬是拆散佳偶。」

「後來相親一位醫師的妹妹，但結婚五年後，在吵吵鬧鬧中男女感情糾葛，又進入訴訟，以離婚收場。與初戀情人多年分分合合，各自有小孩，終於如願結婚後又生兩位小孩。但是最後與母親斷絕來往，是時代悲劇。前一代的不幸影響小孩，拆散了原本人人羨慕的家庭。」說起八卦，有人是認眞考證的，家庭是難念的經。

「是啊！現在年輕人自由戀愛，不是我們說了算，時代變了。」

「對耶，每一家問題都差不多。」

「你們說，這有解決的方法嗎？」

「很難，做父母，社會經驗多一些想爲子女打算，擔心年輕人衝動或是犯了父母的錯誤，但是年輕人有他們的選擇。兩者常有衝突。聽話的孩子也不一定妥協，傳統的媒說認爲門當戶對最好。」

「我的看法是婚姻本來就是人生功課，互相欠債，天生註定的。」大家七嘴八舌都想表示自己的意見。

同學會裡醫生娘聽聞不少的不圓滿遭遇，畢竟人生苦多於樂，就算她自己的嫂嫂，也是她同學，後來跟大哥離婚了。因爲大哥在東京跟小護士生了一個女兒，所以嫂嫂提出離婚，先將財產分一分再說。大哥說小護士太熱情，年齡相差三十一歲，當時沒有不倫戀及老少配的想法，只是兩相情願。在小護士之前，大哥已經納了妾，沒結婚但在一起生活，陪他打網球。嫂嫂一點也不會打網球，但是睜一隻眼閉一隻眼，但還好大哥幫二姨太結紮，不會再懷孕，她覺得至少有尊重。這一回相差三十多歲比他們的小孩都還小，且當時三個小孩都結婚了，大女兒是牙醫，長子是腎臟科醫師，小女兒是小兒科醫師。爲何還在外多生一個女兒。嫂嫂忍無可忍，就協議離婚了。

在同學會裡訴苦，同情的人很多，也分享各自不幸的遭遇，也算一種群體治療，分享情緒再整理之，就像戒酒團體一樣。原來家家有本難念的經，風光愉快的事情不多，但痛苦的折磨卻烙印如此之深。但是很有趣的是，沒有人提及宗教的力量，愛與包容，大概會被群起而攻之。

其實人生如小說，也如一場夢。

不說別人，自己家裡就有故事，當然著力最深的，對醫生娘而言是自己的么妹，是家中排行第九，扣除領養的一位大哥。因爲醫生娘的大娘不能生育，她母親是鄭大老闆續弦的繼室。么妹英子是大家庭裡排行最小的，比醫生娘小十二歲，比婦產科醫師大哥小十六歲，哥哥姐姐成家時她還在念小學，所以她的婚姻，兄姐們給了她很多意見，這樣會造成什麼影響？

英子身材中等一米五四，在當時是平均值，醫生娘一米五八稍高，鼻子挺，勻稱及典雅的臉蛋讓姊妹們常爭吵，瓜子臉好看，或是鴨蛋臉、雞蛋臉好看。她們看法不同，於是拿出時尚雜誌中的名媛來分析好身材、好臉蛋的黃金比例。在男人看來很無聊，但她們可以辯論好幾天，就從來沒結論。

醫生娘說看起來動人，與身材搭配好看就是美的定義。似乎沒有人拿羅浮宮的維納斯雕像來量一量，其實西方雕像中美麗的女人都有英挺如男性的鼻子與額頭，所以古時代女扮男裝也看不出來。以現代整型的觀點就是下巴稍爲尖一點，不能太短也不能太長。鼻梁壁挺一點，雙頰上豐下收、不要太寬，大概就是美的基本型。以此評量來看，鵝蛋臉是比較符合古典美，鴨蛋臉也不錯。當然有兩個水汪汪會說話的眼睛，不管是鳳眼、貓眼都很不錯。

英子是大家閨秀的氣質，中等身材，俊秀薄唇，聲音高而甜美，是理想主義者，是鄭家最小的孩子。雖然念的是實踐家專，但她後來到東京進修服裝設計。她在內埔有一位交往兩年的男朋友，念的是台大法律系，但是男生注重學歷，分手後與同系的學妹結婚，英子打擊很大，她只是沒念國立大學，她喜歡那位男生，很樸實、不帥。她追求浪漫，也注重傳統價值觀，既聽話又率性，兄姊們也不能拿她如何。

失望之餘她到了東京，她的興趣是時裝設計，所以住在新宿。在那兒也有旅日同鄉會，英子也很常參加台灣人的派對，當時追求者，還追到新宿的別館。每回她問大哥這個男生好不好，大哥基本上看不上那些台灣窮學生。因爲他一米七三高，看到那些不到一米七的男生就會嫌他們不夠英挺、不夠帥。所以有好幾個念工科不錯的對象都被他大哥否決了。

後來她一輩子婚姻不順利，全歸咎於大哥從中阻撓。其實有來電的對象，根本就不用徵求哥哥姐姐、父母同意，留學生私下就可以私定終身了，在當時自由戀愛風氣已開，日本走在台灣前面，就是英子自己的猶豫不決，沒有深刻的眼光，活在價值觀的陰影下。

一而再，再而三，同鄉會的男生也會看出英子猶豫不決的缺點，也可說緣分不足。她覺得擇偶條件要像大哥一樣風流倜儻，不然也要像那位無緣的法律系生。每一次有機會，她都要拿這兩個楷模標準來評比。

有來電的時候，談戀愛的人是不會拿誰來比較的。也許她從前都沒有一見鍾情的經驗，所以對每個機會，她都像是第三者，從個人資料到經歷，像人事室一樣的面試。這也是命運中的無奈，也許她早生二十年，就由父母媒說之言嫁出去就好了。在命運洪流中，每個人都以為有自由意志可以主宰自己的人生，但有誰知道是命運之神在決定命運的方向，命啊！所無以為，也是無可奈何的事。

其實英子並非沒有一見鍾情的衝動，只是初戀這麼深刻，她把珍貴的初戀獻給了無緣的法律系學生，就這樣，一輩子毀了，全都在法律生陰影的劫數上，難逃此價值觀，沒有跟那次類似的情境或現實條件她不嫁。那麼是否一輩子不嫁呢？又不是這麼瀟灑地看得開。那麼就任憑命運擺布了。

戀愛愈談愈沒衝動，都是在看條件，水平要求愈來愈低，甚至不可思議、不可理喻的事也會發生。她的大姪女瑞蘭就勸她，沒有看中意的對象，做個單身女人也可以。單身也不是沒面子，不是每個人都有眞命天子的。瑞蘭在潮州衛生所任職，一輩子沒結婚。

那一年已經三十多歲，當時就算老處女了，仍小姑獨處，一點性經驗都沒有。不知是誰介紹的，可能是她在台南家專任教的同事，介紹一位號稱台大的醫生，因仍在受訓中，所以約英子在台大見面。在中央走廊人來人往，他穿著白袍，不是實驗衣，上面綉著某某醫師。

第一次見面就在醫院的福利社相會，也沒有別人或熟識的人介紹，台南家事的同事也沒陪同上來。他們就在台大四西病房的小花園見面。英子沒別的話題，就想去看他上班工作的環境，問問他在哪一科服務。他說他姓陳，跟台南家專某人熟識，現在在台大醫院受訓，跟某大教授實習，主要是做實驗，所以病房的護士跟他不熟。

英子想跟他去實驗室看看。

他說實驗室很髒，很多動物、病菌，不太適合給外人看。

就這樣前幾次在台大見面後，看見他把醫師服掛在門診裡，英子看他熟門熟路的，想著受訓醫生大概就是如此。

「那麼你以後會在哪裡服務呢？」

「看看教授的安排，但是假若感情順利的話，到台南醫院，或八〇三醫院都是可以的。你覺得呢？」

英子想，這男人有志氣，不會像五郎姐夫蹲在鄉下。

後來交往回到台南及屏東，英子把他帶回豐田給母親及家人們認識。出手闊氣大方，他買了不少見面禮，但有趣的是他獨自一人來，沒有朋友陪同。姐姐們問及他家情形，他回答說他是十萬青年軍過來的，所以沒家人在台灣。那麼就沒什麼好打聽，又問他是什麼醫學院畢業的。

他說是國防醫學院念了三、四年，到台灣後再完成學業。

親友團見面認識之後也沒多大反對，反正英子年紀不小了，她自己挑選喜歡最重要。人長得還算體面，又蠻會說話，就讓英子決定吧！

很快地，認識交往不到兩個月，對方就過來提親，這回帶了個伴，也是外省籍，很客氣也很會說客套話。他帶了亞米茄對錶過來，談聘金、嫁妝的事，並選個黃道吉日。

醫生娘的女婿以為是同行，聊了一下醫學的事，發現他醫學背景不專業，沒有開業醫生只會做動物實驗的，搞不好是實驗室助理，不是醫生。

所以到醫師公會查詢，並查詢台大人事室相關受訓醫師資料。發現醫師公會名冊沒有這個人。民國五十八、九年台灣醫師公會登記的醫師不到三千名，很容易查得到背景，尤其是國防醫學院的不多，而當時考試及格及特訓甄試頒給合格醫師證書俗稱總統牌，到了民國六十四年計有一千三百名，約占合法醫師執照的四分之一。這是戒嚴時代的產物，但解決了偏鄉的醫療。但是這位陳先生不到偏鄉，反到非國防軍系統的醫院，到台大受訓，簡直是招搖撞騙，甄試合格的大多是國軍的衛生兵，爲了照顧退伍後的生活，特頒此令。

親友團拆穿了騙局，英子還不敢相信自己眼中的乘龍快婿竟然是愛情騙子。她眞該安裝愛情防火牆，人情世故的社會學應該重修。

英子顏面盡失，然而姐姐們幾乎也未能幫上忙，幫她找尋比較合適的相親對象，英子頗有怨言。一般村子裡有媒婆走動，但是都未上門，傳言是鄭家，家大且兄弟姐妹多、不好搞、沒有人毛遂自薦。

就這樣英子還是得依賴同事、朋友的介紹。

其實當時大醫院主治醫師有兩百人，又有住院醫師、實習醫師，彼此也不認識。曾經有位六年級見習醫師參加每兩週一次的胸腔內外科討論會。那位楊同學有點禿頭，滿臉鬍渣、戴了一副厚框眼鏡，手提乾德門專賣的眞皮皮包（價值八千元）提早進入會議室。他翹著腿坐在第一排。安排會場的第三年住院醫師以爲是大教授，提早到會場，還恭敬一番，難怪會有人利用此手段詐騙。

有一回英子交往了一位美國白人，他曾來台灣洽談生意，經過介紹，吃了飯彼此認識，之後就書信聯絡。

英子日語很流利，但英語不行，就是一般當時屏東女中的英文程度，讀寫都不算好，所以書信往來都需商請正在念成功大學的外甥幫助代筆潤飾。

這樣子幫忙寫書信，五、六回左右就沒下文了。不知是否英文信寫得不夠浪漫？或是其它因素？反正這一段也走不久。

相親還是不斷進行好幾次，轉眼四十歲了，英子快變老姑婆了。這次有朋友介紹是台大法律系畢業的，英子提高了興趣，害她最慘的初戀就是台大法律系的，那她必須去相親看看如何？

唐先生是外省籍，年紀大英子七歲，但隨國民政府來台也沒結婚，清清白白，但有叔表兄弟在台灣。身材高壯、有一米七六高，約八十五公斤的力士樣身材，只是年紀大了，變中廣。他是台大法律系畢業的（流亡學生、特別入學方案），但是是夜間部的，這回學歷沒問題。

親友團看了，不怎麼中意。尤其英子的大姐，嫌他沒氣質、談吐庸俗。醫生娘也不同意，但是英子強調他是法律系的，將來可以當律師、法官。

「都四十歲了，能當律師早就當了，怎麼現在還在糧食局，吃涼飯。」

大姐不客氣的批評。

「他答應結婚後會去考律師執照，他現在要結婚有動機了。」

英子急忙辯解。

「假設他那麼優，爲何他到台灣快三十年的仍未結婚？」

「我怎麼知道？人家他也會挑選，沒有緣分，現在他願意了啊！」

「我不知道你看上他哪一點，是爛泥黏在你眼睛上嗎？」

大姐不客氣地說。

「你才是爛泥黏在你眼睛上，你那位屏東教育局黃股長，不也是你千挑百選的，怎麼啦！受不了他有外遇，就離婚了。你多會挑，你的眼光在哪裡。他的外遇是有原住民血統的……」

「你們都只會批評我，我都幾歲了，嫁不出去，你們包括大哥，通通有責任。」英子臉漲紅了，吵架時不時翻舊往事。

每次五個姐妹在一起，七嘴八舌，吵翻天是常有的事。偏偏英子的婚姻路是格外的難，這是誰的錯呢？

✽

英子這次是眞的第一次出嫁了，到了四十歲才嫁，在那個年代是超級晚婚了。親友也都上來台北參加婚禮，祝福英子。但英子在台南家事的教職就改爲兼任，在台北幫忙她以前教過的學生開設的服裝工作室。

婚後三個月，英子通知三位在台北的外甥要他們過來幫忙搬家，請了一臺兩噸半的發財貨卡。三位外甥也不知道小阿姨發生什麼事，搬離糧食局宿舍嗎？或買了新大樓嗎？

阿姨只說快搬家，免得唐先生提早回家。原來是阿姨要逃婚、離家出走，她受不了跟他一起生活。外甥很努力地幫英子搬衣櫥，皮箱、行李箱裝上發財貨卡離開。

大家在納悶才結婚不久，難不成現在才發現眞面目，原來的計劃只是自己一廂情願的夢想，這個夢做得有點大。婚姻眞的不是兒戲。

大姐一向批評最嚴厲，但不會幸災樂禍。

「是現在才看清楚眞相嗎？到底怎麼回事，你擺脫得了他嗎？他萬一告你怎麼辦！」

「他很懶，上班也只是喝茶、看報，不做家事，衛生習慣也不好。」

「就這樣！你就受不了，覺得他不上進是嗎？四十七歲了怎麼上進。」冷冷的口氣，不是安慰，而是指責。

「他根本沒有想要考律師執照嘛！當個窮糧食局的公務員，怎麼行呢？」

「怎麼行，怎麼不行，當初你就該分析好了。你太天眞了，多少正科法律系畢業的考上律師也不到三成，憑他那副樣子，我都覺得一輩子他都考不上。法律系夜間部是國家給的優惠，只能到公家機關，私人事務所怎麼會錄用他呢？」

「好了，別再說了，我不逃出來會悶死在那裡。」

就這樣初次婚姻結束，還好唐先生不刁難，好聚好散，他也不是騙婚，只是他也覺得意外，也想多做解釋，他會努力去律師事務所找工作，假若英子這麼在意他是不是律師。錯了就錯了，英子這次沒再抱怨兄弟姐妹，這純粹是她的問題。

✽

又隔了幾年，已經五十歲了，但英子保養得宜，仍在台南家專任教，又有朋友做媒，是在美國加州的台灣人，老婆因癌症過世，有三個未成年子女。

劉先生在洛杉磯南區開設便利商店。友人安排在台北吃飯互相認識。到了五十歲的英子仍有夢想，洛杉磯是先進城市。所以她又答應了，這是她第二次婚姻，第很多次的相親。

到了美國生活很忙，三位未成年小孩的生活起居都要她照應，但很快就念大學了，所以也還好，老媽子的生活或也是保母的腳色，但是仍然要輪流到便利商店顧店。

前兩、三年性生活也還可以，畢竟年過五十也不會要求太多。但後來是跳崖式，沒有性生活了。她開始才注意到先生跟他的小姨子暗通款曲，所以她很生氣，並捉姦在床。

但是劉先生不肯切斷，全劉家人沒有人幫英子說話，好似她是局外人似的，被她照顧的小孩也沒人站出來力挺。

原來她只是個外傭、替死鬼，小姨子自己也有家庭，不然早就可以嫁給劉先生（她姐夫）了。

同樣也是個騙局，這個男人簡直可惡到極點。

離婚官司打了一年，打官司也是燒錢的。

劉先生早就把名下財產轉移出去了，有的到孩子身上，有的轉到親友，包括小姨子。他名下財產是零。所以離婚後，一毛錢都沒得到，只換得美國公民權，或許劉先生偷笑她，當她的慰安男，又給了永久居留權、公民權、怎麼可以說什麼都沒得到呢？

英子自己買了兩間公寓，其中一間是醫生娘與她合資購買的，租出去做投資。同時英子由她設計科的學生介紹到服裝公司上班做成衣的打板師傅兼裁剪顧問，待遇普通但可以在洛杉磯過小康的日子。

親友們勸她回台灣，教書也好，住台南、屏東都可以，就是不需再結婚了，她的夫妻宮肯定是是空亡、相剋之類的。不然幸運之神為何不眷顧她，總是遇到不淑之人。

英子在洛杉磯城失意之餘參加了當地的教會。教會的姊妹張開雙手接納她，於是誠心受洗成為基督徒。在教會的大愛下，她放下了執念，接受神的安排。

她不打算回台灣，因為她已經習慣了教會的大團體，接納她。若是回台灣，又會有姊妹的批評，他人的指指點點、冷言冷語。在那裡她得到溫暖，有家一般的感覺。在台灣她可能永遠不會成爲基督徒，是經過這麼多災難，神開了一扇門接納她，放出一道光，讓她有勇氣活下去的標竿。

她在美國獨居生活了二十五年，最後得了第四期肺腺癌，她們家族有四個兄弟姐妹罹患肺癌。在美國醫治後惡化，最後兩個月的日子回到台灣接受鏢靶藥物治療而辭世。她有變賣了所有美國的資產，將遺產留給她的侄甥們，這是她所有計劃，做得最完美、最令人敬佩的一個行動。在早年，她是少數且唯一把侄甥們叫過來，一一分給壓歲錢的，這次她給得最可觀了。

大姐很早就離婚，因爲長子在國小意外從樓梯摔下來，顱內出血過世，憂傷情緒的危機處裡失當，賠上了夫妻感情。最後信主，是屬於眞耶穌教會，每次禮拜：「我見證！」十分虔誠。英子離婚後也受洗浸信會。在人生受到巨變時，心靈也許是受傷脆弱的，但也較可以敞開心扉接受宗教，或是在無依靠的異國接受大愛的感召。因緣也好，心靈的受感性強也可以，八萬四千法門，是時候就會有靈性生命的接觸。姐妹都極力勸醫生娘信奉基督教。

醫生娘說宗教是迷信，不如意的人的解藥，或是迷藥。信我者，得永生，爲什麼信了就得永生呢？總得說個理由吧！

觀察基督徒的行爲，也是勾心鬥角的不少，做人處事也多半在爭利益。姐姐信了真耶穌，天天在見證，都不知道她眞的有見證什麼，也沒有原諒跟二姐多年的衝突。醫生娘看不到受洗後的信徒有令她感動的地方。

說起道教或民俗信仰，她覺得乩童的作爲她不能苟同，符水、做法事治病，她絕對不相信。

她是不可知論者，她從不相信怪力亂神之事，但是她相信因果報應。絕對不能做傷天、不道德的虧心事，也不喜歡不勞而獲的事，甚至投機型、高槓桿股票，買空賣空的她都不贊成。做人走正道最重要，沒有宗教信仰也沒關係。

在她的晚年，在第二次歐遊回來，她開始發覺胸痛、咳嗽、聲音有點啞，她的宗教傾向，也有了不同的轉變。

她會如何面對罹患重大疾病的人生挑戰，她是孤身抗癌嗎？會有什麼樣的安排或經歷。她一輩子辛苦做善事，是模範母親、家庭楷模，會面臨什麼樣的救贖與恩賜。

第十五章

健康與信仰

過了七十歲日子變得不同了，在憂傷期後，覺得歡樂的日子過得很快。生活的輪軸轉動速度是不同的，痲煩的時候度日如年，在老年時特別有感受。

長青學苑都是銀髮族，相處多年，老朋友、有打招呼的一個個身體都變差了，行動靈活度都不好，有外傭的幾乎很少出來走動。醫生娘是她們團體中的「勇伯」，相對身心靈都健康，由於她一輩子辛勤工作，偶而下香蕉園工作，晒了不少太陽，所以沒有骨質疏鬆、失眠、便祕以及服用安眠藥的問題，也沒有高血壓、糖尿病、腎臟病的問題。頭腦清楚，家事自己做，不假外人。

她在長青學苑是健康問題的諮詢志工，以她臨床經驗提點老人生活的健康、飲食。但是癌症是老年人的頭號殺手，這在長青學苑解決不了。連醫學中心專業的醫護人員對晚期病患的幫助也是有限度的。

如何面對老年死亡的議題以及臨終的適應？當時日本在一九九〇年老人問題逐漸嚴重，所以有「孤獨死」，不想拖累子女的作法。以前的人沒有活這麼老，感冒轉肺炎，一週就走了。來個腦溢血，兩、三天就走了。偏偏盛行的癌症要磨一年半載，或是三、五年辭世，那才是人力、物力、財力、意志力的大問題。

生死學，在民國八十多年，仍在啟蒙階段，屏東市長青學苑沒有相關研習，所以就是避而不談。有些學員本來就有宗教信仰，有一些相關的靈修，可以跟隨師父學習。台灣民眾多數是淨土宗，以持經念誦為主，一旦起心念就撥動佛珠。雖有《金剛經》學習班，但多數學員表示經文艱深，很難理解，光「色即是空，空即是色」，四大皆空都無法理解。人死了是空，那人活著也是空嗎？醫生娘也有同感，但是她覺得佛法二、三千年的流傳應該是正法才對，但是許多修行人的行誼她無法苟同，所以就會認為跟他們學習，又能學到什麼呢？

但是她欣賞天主教修女的行誼，儀態也優雅，但為何「信我者得永生」，不信祂的就沒有永生，都死光了不得超生嗎？永生又在那裡，天國、人間、地獄，是這樣分的嗎？人間與地獄會有往來，那麼天國與人們會有往來嗎？所謂的人子只有一位是耶穌，所以天國與人間往來的就只有一個人嗎？那外星人到底存不存在，他們是屬於天國，或是外星國？不信基督教的都不得進入天堂了嗎？

幾十年過去了，在宗教問題上醫生娘仍是「霧煞煞」，沒機緣，不得其門而入。她無法說服自己她不相信的事。通常她的生活中有困難都是自己解決，從不想命運的事，事在人爲，有努力就可以解決。

大兒子失聯多年，她也就算了，小孫子如何了，她也沒顏面跟親家聯絡。就連她的公保身分也被停保，造成就醫不便，她也算了。

後來原本身體硬朗的她發覺胸腔不舒服，左胸會隱隱作痛。到省立屏東醫院檢查，照了X光診斷爲舊結核病的後遺症，肋膜變厚，所以會有拉扯感，尤其是深呼吸的時候。

半年過去了，情形沒改善，胸痛變得頻繁，聲音啞了些，么兒要她到台北做進一步檢查。經過電腦斷層掃描發現是肋膜長出來的間皮腫瘤。與一般的肺上皮癌或肺腺癌不同，是肋膜的腫瘤，有良性與惡性的區分。

當時胸腔外科發現這種間皮腫瘤很難手術切除，除非全左肺切除，若爲惡性間皮癌也會擴散轉移。所以外科醫師採相對保守的態度。但是研判已經生病有一段時間，只是普通胸腔X光片解析度差，診斷精確度不足誤判爲肺結核引起的陳舊性肋膜增厚反應，當時也沒有勇氣做全左肺切除。

就這樣醫生娘接受保守的治療，當時化療選擇不多，沒有「愛寧達」，它是惡性肋膜間皮細胞瘤之首選化療藥。只能選擇健擇及鉑金化療，這是辛苦的化療過程。

肋膜間皮瘤的疼痛是很難受的，伴隨高血鈣、多尿、體重減輕，一下子瘦了七、八公斤。醫生娘悶悶不樂，么兒知道母親擔心什麼。

么兒終於鼓起勇氣跟高師大物理系辦公室聯絡，把大哥找回家，探視已多年未見面的母親，見到罹癌的醫生娘，過去的不愉快情緒全放下了，長子終於回到身邊。

醫師娘感動不已，長子回家了，孫子、孫女也長大些了，她的心扉也打開了，聞得到花園的花香了。

當時物理系的張教授已進入佛門，有了師父，並加入一個很多菁英的同修會，會衆中有許多高教育的知識分子，對佛理闡釋精闢。有了兩位兒子的開導，醫生娘願意接受開導，正所謂佛光普照。

兒子勸母親學佛法可以放下很多煩惱，離苦得樂，可以解脫。

每次回新埤老家大都是過一、兩夜，每天講一、二小時，因爲醫生娘漸漸體力不好，又沒有認識佛法的根基，所以積少成多，每次提點一些。畢竟正信佛法難聞，人云亦云的說法醫生娘不太會接受。

多半是利用清晨或黃昏的時間，比較涼爽。花園裡有一座搖搖秋千型的鐵椅子，醫生娘喜歡坐那兒，搖動她的腳。聽兒子們怎麼說！

「首先佛法，嚴格說來不是一門宗教，它是覺悟的過程，覺悟世間萬事萬物的道理。」正覺者如是說明。

醫生娘不喜歡迷信，也不樂意默守一些規矩，比如不能吃肉，辛辣等。

「對啊！佛法不異世間法，學佛也是平常法、平常心，不一定是出家衆、有嚴格的戒律。一些大居士都在家衆，出家是方便執行六戒。」么兒順勢補充解釋。

「一般人常誦《心經》，全名是《般若波羅密多心經》。般若是智慧的意思，波羅蜜多是梵語，度到彼岸的意思。」

「什麼是到彼岸呢？」

「就是開悟後，離開色界、欲界，我們生存的地球大千花花世界，有生老病死，各種愛悲苦惱的有生命的世界。彼岸是西方淨土，如阿彌陀佛經所描述的極樂世界。」

「極樂世界？是什麼，快樂又享福嗎？」醫生娘懷疑有此地方。

「至樂無樂是莊子說的，人不能有七情六慾，那是煩惱的源頭。極樂世界是就是梵語中的香格里拉，有人稱西藏聖地爲香格里拉，就是平和寧靜，無情無慾的地方。」張醫師補充道。

「又比如佛經所言修正到四果時苦樂雙亡，也就是心內不動的第八地。」

「喔！有這麼多地，這麼多果啊！」醫生娘問道。

「一般說來人有六識，眼、耳、鼻、舌、身、意，相對應爲色聲香味觸以及法。意就是心念也是法。修正到第八地的的層級即心念如如不動，就是慈悲喜捨，苦樂雙亡。是不會退轉的。」

「至於果位是說明修證過程的階段，一果是須陀洹，須陀洹名爲入流，不入色生香味觸法，上去之後，仍需到人間來一遍，而且不能犯錯破戒，否則得重修。」

「二果曰斯陀含，意思是一往來，在下來人間一回，實無往來。在人間花花世界修得正道後比如去除所知障、煩惱障，往上提升不重回人間。三果曰阿那含，修證到我空，法空的清楚、明白階段，名爲不來。一果、二果比較上是先是去除惡行，破立戒行，入流有定力去除所知障，煩惱障是第一要務。到了四果是離欲阿羅漢。苦樂雙亡。」

教授的口氣像課堂一樣嚴肅。

「說得好複雜，我都聽不懂。」醫生娘有點霧煞煞。

「先不要談極樂世界好了，也沒有說修佛法，就是爲了往生極樂世界。」

換張醫師轉換話題。

「學佛是學個覺悟，覺悟世間事，離苦得樂是積極正面的，你不是天天念個佛號，什麼都不做。而且自己覺悟後，仍要幫助別人覺悟。所謂的自覺覺他。所以不少佛教刊物都會希望大家覺行圓滿。其實方法對了也不難，學佛是內求的功夫，不是向外學伎倆的，良知良能本來就有的。」

「所以你說佛教不是空空的、消極的、死氣沉沉的，而是積極正面的。」

「是啊！佛法中的六度中有持戒、布施、忍辱、精進、禪定、般若。其中精進是很重要的，跟隨善知識學習，親近他們，學習日常生活的軌儀，思想。很多見識是人云亦云，不究竟，或是邪教，跟著他們會遠離正道。簡言之放掉世間的價值觀，如名、利、財、色、情、仇、愛、恨。」

「怎麼知道什麼是正，什麼是邪？」

「這是一個好問題，所謂包藏若糖衣的禍心。很多罪都來自於慾望、貪念、貪錢財、貪名利，講法顛三倒四，舉止不莊重者皆是。鼓勵捐錢、捐功德金的都很有問題。他們曲解布施的意思。佛曰：無所住，行於布施，不住相布施。包括法布施、德布施、無畏施，不強調財布施。布施什麼，就是分享我們學習到的善見、正見，來去除凡人的煩惱。昔日梁武帝以捐錢、蓋佛寺等是不是做功德，來就教祖師。達摩祖師認為那樣做沒有功德，但是有福德。」

「簡言之，是公益的，不分別的，沒有私心，不求利養、功名者是正見。」

「炒房、炒股票就是有慾望，會染上惡習。佛經中，維摩詰居士示現一段仙女散花的劇，眾生因為執著於慾望，所以沾黏了天女撒散的花，只有菩薩身上不會沾黏上花瓣。維摩詰居士是大修行者有小恙，文舒師利菩薩受佛陀請託過去探病，只有他沒有沾黏天女的花。」

「是啊！人生中煩惱很多，看不開、放不下的種種慾望很多，眾人要很多，是個問題。」醫生娘嘆息。

「就像我現在老了、病了，身體也常常疼痛、常覺得此時生不如死，車禍當時跟你們父親一道走也可以。」

「對啊！媽媽，佛陀就在他二十多歲時看到皇宮外這麼多人因生、老、病、死的糾纏，如同人間煉獄一般，所以才發願苦行，希望能得到解除苦難的良方或教法。」

「那他有悟出什麼方法來解除生、老、病、死的痛苦嗎？」

「喔！那是複雜的問題……嗯！用比喻的好了，孔子被學生問到老師的學問博大精深，能不能有一個說法可以代表呢？孔丘仲尼回曰：忠恕而已！簡單講就是仁義以及博愛。恕就是愛，也是慈悲，所以聖人說：強恕而行，求仁莫近焉。那麼套用這個說法，佛陀怎麼說呢？就是慈、悲、喜、捨，四個字，稱之爲四無量心。心是願心，發願的意思。例如藥師琉璃光如來本願功德經，仁者要發十二大願，彼生佛國要遵行十二大願，助衆生離苦得樂。轉動心念，內求，反求諸己，然後放下執念，捨下怨恨，可以解除痛苦。無我，無壽者，無相，無老死，可破生、老、病、死。」

「慈悲喜捨，四無量心，把自我空掉了，沒有這個身體。生老病死也空了。」

「喔！要發願度衆生，眞的很慈悲、很積極，不是只念佛號。」

「媽媽！有很多人修小乘佛法，以念佛、念咒語爲主。不是所有學佛的人都只念佛號。」

「是啊！我就覺得光念佛號，很像洗腦，對我而言，不適合這樣做，我想多聽一點道理。」

「這就是了，有精進心，有般若心，是最重要的，有許多道理需要慢慢琢磨思想。學習放下慾望，把心放空，禪定就是靜心，心識不動，心念不起，不過啊！禪宗有一派是無念而念，念而無念，念念眞如也自成一派門法門，可以去煩惱。」

「但是我聽人家做法事的時候都念《心經》、《金剛經》、《阿彌陀經》，但都沒聽說有慈悲喜捨，只有聽聞大慈大悲救苦救難的觀世音菩薩。」

「八萬四千法門啊！佛經十幾萬部經書，聽聞不盡。但是觀世音菩薩成佛時，聞所聞盡，盡聞不住，覺所覺空，空覺即圓。空所空滅，空滅既滅，寂滅現前。」教授解釋道。

「喔！慈悲喜捨是手段啦！屬於四無量心的修證方法。把四個字拆開來看。與樂、拔苦、喜樂、捨怨。這些手段是不分別人的善意，無緣大慈，同體大悲。」

「往生的時候，靈魂在中陰身過渡階段，可以學習很多知識，所以用《心經》、《金剛經》開導亡魂，開啟累世記憶，重新學習，沒聽聞過的，就利用此機會好好學習。」教授補充道。

「什麼是中陰身?」

「中陰身是密教佛教說法,人死後有七七四十九天的期間可以反省,等待靈魂轉世投胎。有一本書流行很廣《西藏生死書》,又名『中陰身教得度』。」

「慢慢地來,不要急,先覺得有道理喜歡它,再慢慢欣賞。像彈鋼琴一樣,一開始十隻手指都不聽話,左右手很忙的。這一步體會佛法是一種思考,像哲學一樣,用不同的角度,看人生,尤其是苦難面,覺知煩惱的來源來自心識,慾望、執著。我們若要了解這些則假藉六識,主要是感官借來用用,所謂借假修眞。」

「借假修眞?你是說我們的心識是假的?」醫生娘很驚訝。

「是的,對事情懷疑是學科學的第一步,第二步是驗證。」

「眞、假可以驗證嗎?」

「可以的!萬物不永存,都會成住壞空,所以都是借來用的。」

「地球會毀滅,人類會滅絕嗎?」

「是啊!地球是有生命的,太陽系星球也一樣,宇宙在大爆炸後膨脹,也會被毀滅。」

「星球消滅，那會到哪裡去？」

「霍金提出宇宙黑洞的理論，已經被證實星球被黑洞吞噬就消失了，但同時也有新星球的誕生。」物理教授做補充。

「這就是宇宙守恆定律，有正電子就有偶合的負電子，量子也一樣，量子被引力牽引，又被其它量子糾纏，測不準其行徑，但是無論如何碰撞、牽引都是守恆。」

「所以說一切眼見之物體都會成、住、壞、空，都不存在。即使現在看到星星的光芒，但經過幾萬光年傳到地球來的光其實彼星球已經滅亡。」

「滅亡就是不在了嗎？」

「也不是，質能守恆、不滅，所以不生不滅。佛法言諸事不生不滅，不垢不淨，不增不減。」

「對啊！《心經》裡就有這一段重點經文。」

「那麼萬物永存嗎？又到哪裡去？」

「緣起、緣滅、因緣和合，一合相是《金剛經》裡的重點，表相、眞相、法相、業相、假相是一合相。」

「我聽不懂，爲什麼這些不同的相會合在一起。」

「所有的相，都因著業力來顯現，例如：水與冰，水蒸氣與雲，都是氧化氫組合而成，簡單的說都是水分子，都是一樣的。例如雲朵會因爲陽光的強弱，有晨曦晚霞、陰霾、暴雨雲、種種高積雲、跟斗雲。其實都是一樣的，只是因轉相，流變而不同。而這些水，變成雨水落下來到河川、匯流到大海，又蒸發爲雲，又因低氣壓成爲雨，又再循環。這是生滅法則。我們可以遠離生滅法則，猶如空花一樣。」

「那麼，所以說人會輪迴了。」醫生娘很想確認這一點。

「對絕大部分的人來說，是會輪迴的，就是有來生。」

「那其他部分的人就沒來生嗎？」

「修成正果到三禪、四禪成就阿羅漢果，或菩薩就不會回到人間了。」教授說。

「喔！那就脫離輪迴，不會有生老病死了，佛家稱之爲如來藏，法輪的另一端。」

「嗯，可以那麼說，但是凡人所說到涅槃想，但佛要我們遠離覺所覺，一切無涅槃，也無涅槃佛。那也是未來心不可得。」么兒作補充。

「那麼要怎麼樣才做得到脫離輪迴呢？」醫生娘認眞起來了。

「首先要破除五蘊六識的感官，所知障及煩惱障的心識與分別心。換言之，就是看清楚事物的本質是空相，所謂的我空、法空。」

「那是俗稱的四大皆空嗎？」

「是的！我們眼睛，六識所能覺知的相，都是虛妄的，佛陀用虛妄來形容。虛妄的意思是實質不存在的。」

「爲何我們明明看得到相，卻說它是虛妄呢？」

「前面說明過是因爲業力，業相的牽引表現而不同，例如說你看一朵雲在下午陽光照射角度不同，你站的位置從東、南、西、北方來看這同一朵雲，顏色是不同的，這在《楞嚴經》中說明是同分妄見。所以相是隨境改變的，同樣聲音，食物的味道隨著舌根細胞的味覺環境、溫度會改變，口感也會不同。我們不能執著於相，它不會是一成不變的。衆生若受五蘊，眼耳鼻舌身的感覺，以及慾望追求的影響，那麼隨之而來的是煩惱和不清淨。所以初果須陀洹必須破除五蘊六識的慾望，才能入流。」

「我們的感覺會受心識影響，攀緣外物而決定我們的看法，那其實是不正確的。由魔術師或工畫師帶領我們的生活，世界會變得如何？」醫生娘聽了點點頭。

「學佛不是離世覓法外求的，而是我們本來就有的，把它找出來而已。有一部《法華經》說一位大富人家的兒子外出發展，員外交代家丁把珠寶夾帶在衣內藏於長衫中，幾年後窮子浪跡在外頭花光了錢，飄蕩多年後回到他已經不認得的家，從來不知道他身上藏有珠寶。」教授再提出更多平常人未思考過的概念。

「這種說法很顛倒了我們原本的想法。我們身上有寶貝，我們其實俱有佛性，但是我們不記得了。那是在潛意識裡嗎？」醫生娘若有所思。

「是啊！所以《心經》說我們凡夫常常顛倒夢想，追求不實際的外物，失去了我們本眞的自性，所謂本來面目。我們本自認識佛法，本來俱足，只是蒙塵遺忘了。譬如慈悲心、歡喜心、不忍仁之心、惻隱之心，或是溫良恭儉讓都是我們本有的良知、良能。」

「本來面目，不就是我們孩童時的樣子嘛。」醫生娘開竅了。

「是啊！就是赤子之心。沒被知識污染的童心。像孩童凡事相信、凡事盼望、凡事喜樂，基督徒稱爲信、望、愛。這些都是我們內心本來就有的美德。」

「那麼這個世界是我們暫時居住的地方囉，人老會死就離開這暫時住的地方，以後再看來生到那裡去，是這樣嗎？」醫生娘本來沒有輪迴觀念。

「也可以這麼說，唐朝有位大詩人李白，愛喝酒，人稱他爲詩仙。他就有一首詩如下，夫！天地者，萬物之逆旅也，光陰者，百代之過客也，而浮生若夢，爲歡幾何？」

「什麼是萬物之逆旅呢？標準白話文是天地乃人類及萬物暫時居住的地方，也就是說天家才是我們的歸宿，地球是我們暫時的天地，當然是暫時居住的地方。逆旅是倒回來活，也就是我們被出生在地球，一生中要想辦法回去，這回去的過程是逆著走的。就像鮭魚從大海逆流回，牠們孵化出生的溪流源頭，產卵受精，最後死在溪流中。」

「落葉歸根，人類的根不在地球，是在淨土。最重要的是我們不要也不能算計未來或來生會去哪裡。」

「我好像有點懂了，一切都需順著自然法則，不逃避也不抗拒它，死是生的結束，生是死的開始，方生方死，方死方生，都不計較，就會順著回歸自然。」

「很好！莊子說生爲傜役，死爲休息，基督徒說，死在主裡的，是有福的，我們相信這個道，佛法也好，基督教也好，都在說明這個道。」

就這樣一星期、一個月、半年過去，慢慢地醫生娘聽聞更多，也愈來愈能接受佛理。但同時她的病情也變得嚴重，常常需要服用長效的嗎啡來止痛。

「媽！上來台北吧！我幫你安排住院做一些治療。」

「我不想做化學治療了。很辛苦，又沒改善多少！」

「這次要請麻醉科醫師幫忙，他答應幫我們做神經阻斷術，那樣可以改善疼痛的嚴重性。」

神經阻斷術是一種緩解疼痛的做法，一般由疼痛科，多半也是麻醉科醫師的背景，選好疼痛位置的神經結，注射長效的嗎啡類阻斷劑，效果長達三個月至六個月，可以減緩疼痛，但該處的皮節會喪失一些知覺，包括冷、熱、癢及痛覺。

醫生娘接受了神經阻斷術，肋膜胸痛大概緩解了六、七成，仍偶爾需要吃嗎啡。但體力活動恢復了一些，也比較有時間參加長青學苑的活動。

第十六章

《越過邊境》，專為醫生娘寫的書

小兒子利用這段時間寫了許多罹癌病患的個案，描述他們的心路歷程，作爲給醫生娘他山之石的參考。又蒙聯合文學陳主編的大力相助，在聯合報副刊連載，並於民國八十七年出版《越過邊境》，越過生死邊境的意思。醫生娘收到兒子的第一本書，而且是專門爲她所寫的，十分高興，讀了又讀，理解了更深的人生哲理。

她把新書拿到長青學苑跟朋友分享，他們說此書根本就是爲老年人所寫的，是很好的參考，醫生娘難掩得意的表情。雖然知道自己活不久了，但書中的道理讓她放下很多執念，願意接受命運的安排。能改變的努力去改變，活得更有意義，不能改變的事實也恬靜地接受。也相信一切在主，主必報應。

朝聞道，夕死可矣。醫生娘學到這個道理，生命不在於長短，而在有生之年是否能夠聞道、覺悟，功德圓滿。

有很多朋友一起念一本書，共同討論書中內容，眞理是愈體會愈明白的，長青學苑中也有許多有靈修的智者，醫生娘很需要同儕的肯定與支持，讓她更有信心。

有時候凡夫會失去信心、退轉。這是很可惜，所以與同修一起精進是重要的。

✻

夏去秋來，落葉紛飛，人老珠黃，觸景生情，比較會多愁善感，常常會懷念起五郎的種種往事。這麼多年過去了，還是會懷念。年輕時暗戀醫生娘的人也有一些，有一位曾在這段期間聯絡上醫生娘，是否有交往的機會。還好醫生娘早已看淡男女之事，五郎給了她全部，她不像大哥可以容得下別人。這也是多此一舉加添困擾，失去了寶貴的平靜。

醫生娘一生波折多，但是不大；有才、有貌、有藝、有家世、有完整的家庭跟子女，就是沒有發揮的舞台，沒有更大、更亮的格局。到了晚年，卻覺得或許這才是她最好的人生。

在日本的大哥會嘆息五郎走得早，他做為媒人的角色，把三妹婚配給五郎，他認為以世俗的觀點而言有些許遺憾，畢竟當時追求醫生娘的醫生、小開、大老闆不少。但人生本來就不見得完美，他沒體悟到真愛是什麼。

那幾年，五郎、醫生娘的母親、四妹、二姐夫相繼過世，所以日本大哥常常回台灣來，差不多兩年回台灣一次，有時候是大嫂自己回來，當時大哥大嫂已經離婚。大嫂後來賭氣交了一位男朋友，是黃昏戀，但沒幾年離婚，財產幾乎被騙了一半。所以說黃昏戀有什麼好，騙財騙色。沒有太多色，應該說騙財居多，「情」是假的、是手段，騙到手走人，這是人性，也是騙子的職業。

相同大哥也失意了，大老婆離婚走了，老三也嫌他太老，差了三十多歲也走了，聽說跟年輕人走的，又分走不少財產。所以就比較常回台灣看弟妹們。大哥還是鄭家的重心，兄弟姐妹們有他在就有向心力，大家吃飯、唱歌、旅遊、回憶往事，尤其是二戰往事都讓醫生娘得到很多安慰，那是他們的黃金年代。

在戰亂中，他們不愁吃穿，進源商號財源廣進，又那知道人間疾苦。

「兒子啊！什麼時候回屏東看我？那本書大家都看完了，有沒有第二本新書，不是我在問，是媽媽的同學們在問。」當時還是長途電話，沒有Line的時代，也沒有手機的年代。

「媽媽！寫書哪有那麼容易，要看看有沒有題材啊！有新的議題才能寫啊！」

「喔！也是啦，我只是替他們問問，他們說書寫得很好，看完後很有收穫。」

「眞謝謝他們。我這邊有個血腫科主任，他說：張兄啊！你的書中內容很深奧，他看不懂。這也有趣，醫生看不懂，老人家及病患卻津津有味。」

「兒子啊！這是感同身受，你那位主任醫生沒有感同身受，只注重科學、醫學，沒有從人道關懷立場來替病者想。」

「媽媽！這叫做同理心，同理就是設身處地來想。我們有一位教授，教醫療倫理的，他要求年輕醫師住院當一天病人，要睡病床、被抽血、做各種理學檢查、插鼻胃管，看看自我感覺如何？將來當主治醫師才知道病人的感受，有沒有被尊重。病人常回嘴醫生，又不是你的肉，怎麼會不痛。」

「這位教授了不起，就是這樣子的，同理心是嘛，很重要的，不是同情喔！兒子，對年輕異性病患要特別小心喔，別用太多同理心，免得別人有不同看法。」

「嗎！放心啦！爸爸生前說過。長途電話講重點就好，我有空就回去看你。找哥哥一起回家說佛陀的故事給你聽，你愛不愛聽啊！」

「很愛聽的，就是這樣啦，我想見你們了。」

九月的血液學秋季會在高雄舉辦，么兒決定順道探望醫生娘。

開會的第二天一早，么兒到屏東接醫生娘前往高雄新堀江購物商場，舊堀江是打從年輕時醫生娘最愛逛的地方，尤其是五、六十年代大型百貨公司不發達的年代。那裡滿滿的舶來品，有不少好的東洋進口時裝，很時尚的。

舊堀江還有更多祕境，一個早上逛街下來，醫生娘也累了，但逛得很興奮，忘了身上的病痛。她買了兩件套裝，搭配一頂帽子，還有其他穿搭的衣飾。醫生娘的教育，女性外出是要戴帽子的。當時日本人學習英、法淑女有戴帽子的禮節。在台灣不流行這個。反而是下田耕種的婦女，擔心晒黑才戴寬編草帽或斗笠。

✽

醫生娘選帽子跟洋裝搭配，兒子是她的顧問。她們教育女性少穿長褲，不管是一件式或兩件式洋裝，還是得穿無袖寬鬆襯衣（chemise）。七十年代台灣女孩非常少見穿chemise。文化如潮水轉向美式風格，喜歡直接方便的牛仔褲，不講究穿著內涵。當時也是迷你裙，兩截式泳衣開始流行，醫生娘很不以爲然。

有媽的孩子最幸福，有孩子陪媽媽逛街吃飯也很幸福，那是一個開心的星期天。她多希望天天孩子在身邊，共享天倫之樂。她勞碌一輩子，就盼望兒孫在身邊，尤其是生病的時候。

她感嘆人生難享清福，從前算命先生說她命好，天府星坐命宮，有天相星拱照，食祿無虞。夫妻宮及子女宮分別爲化權、化祿，無奈貪狼與廉貞星坐福德宮在亥位。那是小時候鄭老闆找高人替她算的，回頭看也眞是如此。

其實她也可以要求小孩們常回新埤看望她。但是井泉水的格局是五行局的水二局，所以待人處事有分寸，不麻煩別人，很拘禮，不強求他人來順她。她對別人不自私、很熱心，形式上很有分寸，不給別人帶來不方便。人生是什麼？命、運、機、緣而已。財、子、壽，悲歡離合皆難全，是學習歡喜接受，惜緣惜福而非訴願不滿。

第十七章

絕望與重生

在生病的後期，神經阻斷術的止痛效果不若以往，醫生娘常常半夜痛醒，身旁無人照應。女兒要白天才會從屏東市過來新埤的自家診所，那一陣子最痛苦難捱的時刻。常常等郵局的包裹，由么兒從台北郵寄嗎啡過來，但是病情往下走，虛弱、盜汗、沒胃口、癌症惡病質的疲憊都有，她實在無法處理了。

搭上遠東航空的飛機從高雄飛松山機場，她決定來看兒孫們。

七十多歲了又拖著疲憊的身子，兒子接到母親時嚇了一跳，蒼老許多，也瘦削多了，見到面，眼淚在眼眶裡打轉。才兩、三個月就變了一個人。早知道就自己親自下屏東把媽媽帶上來養病，是自己的疏忽。那個年代沒有網路視訊，也沒有手機，從電話聲中也不易分辨。可能太相信過去母親的身體好，而且肋膜間皮瘤進展比肺癌，尤其是比肺腺癌惡化緩慢，總之是被工作牽絆重心沒有放在母親身上。

住在台北，街坊鄰居都不熟，她常到社區小公園看書，提著兒子新買給她的Telefunken收錄音機，聽台北愛樂調頻台。她說屏東沒有這種電台，還好有這些音樂陪伴她，直到兒子下班，孫子放學回家。

台北有一位大姐住板橋、一位二姐住松山、一位弟弟住龜山，都是跟兒子住，有時邀來家庭聚會，也分別各自互相拜訪，但是接下來就只有電話聯絡。都市不是鄉下可以頻繁互動，尤其大姐、二姐相互有心結，也是有不方便之處。加上各自家庭有婆媳間的矛盾，是很不容易的事。

當身體病痛好多的時候，醫生娘就會往另一處輕生的念頭想。真的像教科書寫的，被癌症打擊到絕望的時候，會突然有輕生的念頭，而且發生在病情稍有好轉的時候，她覺得有能力執行的時候。

有一天兒子回到家傍晚五點半，準備做晚餐時，媳婦不在家，發現媽媽在房間睡覺，而且叫不醒。不會是剛睡下吧？剛睡的人很容易被吵醒的才對。後來終於搖醒了，原來吃了長、短效嗎啡，又服用安眠藥。

醫生娘承認她有自殺的念頭，只是後來覺得不妥，不能在兒子家做這種事，她會不能原諒自己，但在新埤老家，她可能會走上這條路。太痛苦了，不僅是肉體的，也是精神折磨，整天被關在台北屋子裡又沒人可以說話。

的確跟癌症搏鬥是需要團隊的，這個醫生娘的團隊需要重新整備齊全才行。

大女兒見母親到台北一個月沒有回屏東，也緊張起來，打電話勸醫生娘回老家。當然這次在家鄉僱請看護照顧她，但是也不是全然愉悅的。

女婿接替了建功診所，改名爲成功診所，有一些基本病患會前來看診。醫生娘在診所後方的起居客廳，偶爾會有嚴重咳嗽，還會有突發的呻吟聲，引起診所其他病患的注意。有些中年婦女跟醫生娘不太熟識的，還以爲醫生娘八十多歲了，因爲病容憔悴，看起來更蒼老十歲以上。醫生娘很傷心，似乎大家的目光變得冷漠，沒有熱絡的關懷，眞是雙重打擊。

兒子們很內疚，回家探望母親的頻率也增加了，希望能讓醫生娘寬慰一些。

她的婆婆很長壽，活到九十六歲，在醫生娘生病的第二年離世的。婆婆的弟妹，當時也近九十歲了，還會過來跟醫生娘聊天，話家常。看來老的跟老的比較有話題，年輕人都避而遠去。人情冷暖點滴在心裡。

加強了嗎啡的劑量，生活起居有看護照顧加上大女兒的日間照顧，醫生娘重拾信心，她的堅強，又站了起來，而且迎接即將上場的靈性照顧，兒子們爲她開設的講座。

第十八章

以心印心，解說《金剛經》

「媽媽！弟弟他們回來了，在門口。」百合興奮地走到搖搖椅邊通知醫生娘。

「真的，兩個人嗎？還是全家都一起帶回來？」醫師娘神采奕奕起身走到客廳，好期待看到孫子，她天天盼著。

只要有連續假日，她都盼望著兒女回家陪伴，也希望聽聽兒子們的分享。

「你們回來了，怎麼那麼巧一起回到家？」

「哥哥到小港機場接我，我們事先約好的。」

「媽媽，你還好嗎？還想聽我們兄弟說故事嗎？」

「很不錯啊，我覺得蠻適合我現在的心情，比較定一點，心可以靜下來，隨時放得下煩惱。」

「那很不錯，聽了會喜歡就是法喜，不容易的，有一半的人做不到。」

「那是你們會說故事，我也認真聽講。」

「媽媽！你把《金剛經》放在搖搖椅上啊，正好我們也有這個意思，這次我們把《金剛經》研讀，看過一遍好嗎？雜談雖好，但沒頭緒，沒有一貫性。」張醫師提到。

「對啊！一部經讀懂了，了解了，佛法的重點就掌握到，其餘的都可以融會貫通的。」物理教授的大兒子也從旁補充。既然學者都這麼說了，佛法絕對不是迷信，只是佛理深奧，很多修行者很難一窺究竟，就選擇小乘佛教的簡易法門，以誦經、念咒爲主。

「你們說好，就好，我不懂的地方再問你們，先試試看吧！」

「佛經基本上是記錄佛陀曾經說過的話，在佛陀圓寂後，大迦葉長者集合所有弟子，所記錄下來的對話。大部分是阿難尊者記錄下來的，他記性最好。所以開頭都是『如是我聞……一時佛在……』意思是在某個地方，我所聽到佛陀所說過的話。」

「佛陀最常講經處在祇樹給孤獨園，是一處捐贈的果園。」就這樣專爲醫生娘開講的《金剛經》，開始了。

「《金剛經》是般若部，就是智慧部的意思，是需要推斷論證的。《金剛經》是堅硬不壞，最好的一部經，可以貫穿佛陀的思想。也是解空，最重要的一部經書。很多人不懂《金剛經》也沒關係，生病之後一遍遍地念《金剛經》，身體會變好。我們就姑且聽聽，是很殊勝。但是我們有機會就應該讀懂佛陀想傳達的思想。」

「通常講經者或寫書者重點都會有大綱，重點綱領，同樣地二千五百多年前的釋迦牟尼佛也是一樣，第一段（正宗分第三）就提到二個重點，一個是菩薩有我相、人相、衆生相、壽者相，即非菩薩。就是說我們眼睛張開來看的世界是虛擬實境的，若我們把這些相當眞，那麼永遠無法修證爲菩薩，就是不能覺悟。修道的過程是借假的修眞的。就連菩薩也未必是眞的，直至成佛爲止。所以我們要儘量不執著眼前看到的事物。佛經說有見則爲垢，無見乃是佛。看得到的相是塵垢而已。我們要去覺察現象界隱藏著看不見的變化。」

「好的，我暫時相信，聽從無這些相，但是腦筋想的都只有這些，那什麼是眞的相。」

「虛的啊！你看陽光下竹葉的影子拂來拂去，灰塵也不會動。月光穿過水塘底，卻不留痕跡。正所謂竹影掃街塵不動，月穿塘底水無痕。」

「《聖經．傳道書》言，太陽底下沒有新鮮事，虛空中的虛空仍是虛空。就是無來自無，一切太陽底下的事，都是捕風，沒有實體的存在。所以比喻爲生活在竹影下，竹影沒有實體，扇過來扇過去的竹影，是不能掃掉地上的灰塵。人在世間發生的一切事情都會過去，也不留下痕跡。就像月光穿過池塘的水底，只有暫時倒映的影子，也是虛無。暫時而不住者稱爲客，搖動者名之爲塵，所謂世界種種就是客塵煩惱。所以我相、衆生相也一樣是虛妄。人是如此，竹子也是如此。正所謂水中月，鏡中相的比喻。」

「我們執著於六根的感覺，就會認爲所有事物都存在，所以俗話說，迷時三界有，悟後十方空。我們尊稱覺悟者爲十方大德，各個面向的人生都看得清清楚楚、明明白白。」

「嗯！解釋的很好，區分眞的假的就是迷在文字的邏輯中，沒什麼意義。」

「很好！下一步是第二個重點，所有相都是虛妄，沒有所謂眞的，也沒有假的。有持中觀學者，龍樹菩薩稱之爲不一，不異不二，不是同一個，也沒有不同。那就是心不放在上面辯論。簡單地說就是心無所住，應無所住而生心。或說不落兩邊，沒有執著。龍樹菩薩舉例說明，谷芽非谷花，谷花非穀芽，果實、花芽各不同，故云不一。沒有穀種即無芽莖，所以有不異的性質。花莖、果實爲穀自身變化，非從外來，故云不來。如從穀中欲覓出芽莖花果，又不可得，故不來不出即爲不去。諸相不自生，不它生。這是中論的辯證，破除有與無的執念。」

「色即是空，就是不一不異，老子說有與無同出而異名。爲什麼呢？都是借來用用的。空是如來藏，色是轉變的業相。繽紛的花花世界在白天是色，在寂靜的夜晚，沒有活動與思考的當下是空。我們做人處事要求多是入世，要求少是出世。白天活在生存競爭的職場中是色，衆生的清淨心又被擾亂了。白天與夜晚的世界沒什麼不同，但是心情上也不一樣；只不過白天工作是入世、是色，夜晚休息是出世、是空。所以我們應該學習心無所住，如同赤子一樣。心若有所住，則看世界是色與空不同；用無所住的心來看世間事，則色、空不一不異。所以不懂《金剛經》的人問題出在心有所住，換言之是用有見的思考，而非無見的觀照。」

「喔！看了它，用了它，不想它，不分析它，那有點難。心無所住，能不能說具體一點。」醫生娘仍習慣在表觀上看事物，衆生不都這樣嗎？

「不會啊！就像幼兒，什麼都拿來用，卻不會問是什麼，因爲幼兒的心無所住。但是到了三、四歲就不單純了，到處問，什麼都問。」

「比如說，晾在外面的衣服在飄動，小孩不會注意它，衣服就乾了，大人會覺得是風在吹動，但是其實什麼都沒動，是大人的心在動念。這就是攀緣心。」

「見樹見林的譬喻也是相同，觀見若不在心上，樹與林都不得見，才是正解。拋開唯物論及唯心論，就是心無所住。心若不拿出來就是心不在焉，心若有所住，如同唯物論者，就是見樹或見林，攀緣於觀見之六根上。」

「喔，六根是借來用的，不要攀緣或執著於表象上去做分別，我很想做得到。」

「其實萬事萬物都有宇宙的次序，大自然的循環、地心引力、自轉公轉這些奧祕是物理學、天文學所探測的，是人類所做的合理解釋，但有許多未知。科學家只是了解一些規律法則，應用它。醫學也有不少不知其然而用之，知其然者不一定有效。」

「但是星球被黑洞的暗能量毀滅之後，會到那裡，變成什麼，我們都不得而知。所謂的『藏』，就是佛法中的如來藏。在因緣俱足的時候新星球、新物種又會誕生。表觀的事物是因緣的一合相，本質是空中妙有，但我們不執著兩邊，既不空，也不有。」

「喔！萬物都生滅不息的流轉，所以我們看到的我相、人相、壽者相，也是在此因緣時空背景上看見。緣起就有互動，緣滅了，散了都不見了。就像我想念你們父親，但他已不在了，只是在記憶中停留。」醫生娘稍微喘氣一下。

「對！對！這樣解釋也可以。」教授給了肯定。

「媽！還好嗎？要不要休息一下。」么兒遞上茶。

「沒關係，我還可以，我比較明白了，你們繼續說吧！讓我更開悟些。」

「那麼我們應該如何看待人世間呢！前面李白說過我們都是過客，蘇東坡也寫了一首詩說：人生到處知何似，應似飛鴻踏雪泥；泥上偶然留指爪，鴻飛那復計東西。意思是說我們短暫停留人間所發生的事，就像雪泥中指爪的印記，但是風雪紛飛，印記一下子就不見蹤影了。往事蹤影已迷茫。或說青山依舊在，幾度夕陽紅。人、事、物已全非。」

「嗯！是啊！過去已經過去，回憶一下就好了，不能老是想回到過去的黃金日子。」

「是啊！《金剛經》也是這麼說的，分第十八節中提到是諸心即非心，過去心不可得，現在心不可得，未來心不可得。凡夫的心常常回憶過去，憧憬未來，這些都不實際，有法眼者不做如是思考。」

「換言之，就是活在當下，一切都留不住，憧憬未來也是夢。在《越過邊境》裡有一首詩，繁華已成夢，情愛轉頭空，青燈催白髮，往事去無蹤。世間所有一切事都會過去。歷史、傳說與小人物無關，有的只是留下執著，最終也將放下。在當下中，心空、意空、不將、不迎，應物不藏。心如明鏡就是不將不迎，同步待人接物，不特別做出分別好壞，儲存於記憶，就是應物不藏。吃飯、喝茶、洗衣、睡覺就是一天。平實的過好每一天。能不起心動念，就是修行的基本功。當然做人也必須趨吉避凶，誠意謙遜。」么兒儘量解釋清楚。

「那麼人生到底像什麼，有命運不能改變，活著看似眞的，卻又不長存、不實際，緣起又緣滅，這不是在考驗或捉弄我們嗎？」醫生娘覺得命運可以操之在我，或多或少，所以有疑問。

「說得對，人間是個修煉場，不是只有下凡來享福的。莊子說浮生若夢，若夢非夢，浮生如何？如夢之夢。不是我們要做什麼人生大夢，夢自己會來，大自然的母親會編織考驗每個人的夢。我們就進入如夢般的人生，自在自爲。」

「人生的安排是被決定的，小阿姨的人生也是被決定的，命運的安排是我們不知道的。」兒子眼神堅定地看著醫生娘，一副人是很卑微的樣子。

「這麼說，大部分的人生是被安排的，但什麼是自在自爲啊？」

「老子說，順其自然，清虛無爲，無爲而無不爲，無所爲而爲。爲而不恃，爲而不爭。跟佛法一樣，其實是積極的做，不居功、不自誇、長而不宰。清靜兩個字就對了，簡單的說，道法自然，跟動物學習所謂的天性，也是性自性，也是人類的本來面目，順著本心的眞與善來做人處事，就是自在自爲，也就是返璞歸眞。」

教授看著弟弟有點扯遠了，趕緊拉回主題。

「我們再拉回《金剛經》吧！重點是無人相、我相、壽者相，若有此看法者即非菩薩，簡單的說，看本來面目，沒高、低分別心，一切相都是虛妄。所以下一句就無所住行與布施，也就是不住相而布施。」張教授也輪番上陣，往下控制時間。

「所以！我們不要看事物的表象，是嗎？所看得也是時空中暫時存在的，所以隨緣的意思。」

「是啊！佛家說緣起性空，本質是空性，因緣和合而來。其實雖是性空，但是累世的業力仍在，但若好好修行，覺悟成菩薩，就得以消業往生。也就是人生就是消業往生的過程，消業就是悔改，把過去不好的習性改掉，例如貢高、我慢、不布施，不精進、貪戀享受。消業往生的過程就是成佛之路。因爲每個人都有機會修成正果，都是未來佛。貢高是驕傲、仗勢，我慢是傲慢、輕視、霸凌後學。」

「對啊！一切衆生都是平等，一切修行都是莊嚴，一切境界就是清靜。」弟弟幫哥哥做個小結論，免得母親吸收不了這麼多。

這時醫生娘陷入沉思，似乎快懂了，又差一點點，她喝喝茶水。

「原來人生不是來享福的，是來修行的，入世是爲了出世的功課沒做好而來。」

「是啊！非常正確。有些人上輩子做很多好事，種福田，這輩子享福報。但福報會享盡，又回到一般水平。也會退轉，假若不繼續精進的話，所以說人身難得，有的人六道輪迴到畜生道、餓鬼道，還需修行更久才能重回人身。」

「師父常說人身難得，今已得，佛法難聞，今已聞，此身未在今生度，更待何時度此身。」長子的語調比較低沉，但聽起來有說服力，在母親心裡就是有份量。

「就是在這一世，借這次機會聽聞佛法後，唯心直進，利用契機在過身之時轉身成佛。」么兒順勢補充一句。

「閩南人說死亡是過身，所以過身可以變鬼，也可以成佛，是這樣嗎？」醫生娘問道。

「是啊！生死關是肉體昇華爲光，爲能量的時候，願力變得強大，修行的果效更佳。就是轉身的時候心是篤定的，或是慌慌張張，患得患失。就會影響靈魂的電磁波能的方向。最後的審判，在東方及西方的思想中都有的。審判就是總結這一輩子的所做所爲。」

物理學都搬出來了，很像是告訴暗示醫生娘，這些是有報應，有根據的，不是迷信。

「對啊！記得在天主堂禮拜時，修女們常提悔改的事，在神、在天主面前悔改。我以前都聽不懂，又什麼犯什麼罪，要悔改什麼，現在我比較能了解了。神給我們很多功課，我們沒做好，當然要悔改，我們沒有慈悲助人，有高低分別心就應該悔改心中的我慢。」

「我慢來自算計的心，烏鴉是黑的，海鳥是白的，不該有此計度之心。」

「對啊！凡人在不知不覺中常犯下錯誤，例如貴族思想、種族優越、功利主義、現實勢力，沒有利他的想法，甚至做缺德的事，只求自己的利益至上。心理學家說人滿足了生存條件及社會地位需求後，必須要有超越、超凡的心、往上昇華，求眞、善、美的心路歷程。」

「媽媽，靈性的超越是心理學家馬斯洛的三角形理論，人類滿足了生存與追求成就以後，必須往靈性成長。民國初年蔣渭水醫師說台灣人是知識的營養不良，我說二十一世紀的人是靈性的營養不良，spiritually homeless（精神上無家可歸），沒有根的靈。」

「是的，《金剛經》第三段就強調無所住行於布施。布施就是利他思想。就是饒益衆生，服務的人生觀，爲家庭付出，爲社會付出，我爲人人，人人爲我。這才是大乘佛教的精神，以出世的精神做入世的服務。無所住又不住相行於布施，就是沒有分別心，沒有計度，計較什麼利害關係或喜好，所謂不看僧面看佛面。」

「對了，前面還有一個重點沒提到，《金剛經》一開始就提一個假設，須菩提問佛陀，應該如何降伏其心。因爲人的心是很雜亂不安的，發心得正等正覺時如何安住於心。佛陀說若卵生、若胎生、若化生、人、非人等，一切衆生之類，佛皆令入無餘涅槃而滅度之，但又說他沒有滅度任何衆生。」

么兒拋出一個需要思考的議題讓母親想想。

「是啊！這不是有矛盾嗎？既然有那麼多種類衆生、畜生、人、非人都被滅度了，爲何又言沒有滅度呢？」

「因爲這是邏輯問題，所有衆生都是因緣合相，虛擬假立於此世界，所以是虛的。一旦衆生悟道後就從虛擬的世界消失無蹤。所以佛陀說，你看，這裡沒有任何衆生啊！度化成功後因緣也散去，也就不存在了。或滅、或度，都不再存在於此世界。世界也不過是修煉工廠而已。西方人稱之爲無來自於無。東方人稱天下本無事，庸人自擾之。」

「嗯！這麼說我懂了，呼應前後的借假修眞，人世間的過程就像模擬考，到最後審判處做大考。有道理！日本人也說烏鴉在外轉了一大圈選鳥巢，最後還是回到自己原本的巢。」醫生娘曾接受日本教育，對她的人生思維影響也蠻大。

「所以虛擬的世界，上下空間太陽系、銀河系、以及外星系都是虛空，不可思量，那麼我們的布施，福德是無住相的，也是不可思量，那麼媽媽！你說說看你能不能看見佛陀。」

「按照你們剛才說的道理，是見不到佛陀的，爲什麼呢？所有相都是虛妄，所有上下西方都是虛空，當然見不到如來。」醫生娘回答。

「對的，很好！所以《金剛經》言，若見諸相非相，即見如來。就是在意念與思想心領神會如來的意思，如同面見如來本尊說法一般。但是不會用肉眼見到如來的法相。」

「那麼媽媽！如來有說法嗎？」

「現在當然沒有，以前有啊！」醫生娘回答得很直接。

「不是喔，以前也不稱之爲說法，佛陀只是跟衆弟子聊天，回答須菩提長老的問題。怎麼說呢？法亦非法。有法就像沒有說法一樣，因爲沒有衆生，就沒有法，法因人而有。所以先沒有人，就沒有法，所以佛陀說不應取法，不應取非法。法用完就成佛了，不需要法，就丟棄了。就像我們過河到對岸需要竹筏對嗎？但一旦過河以後再不再需要它了。所以說法尙應捨。不要提著法不放，也不要得理不饒人。」

「喔！法還可以區分爲有爲法，無爲法；要放下就要修無爲法嗎？」

「老子說，爲而不有，長而不宰，功成而弗居，就是無爲法，一切聖賢以無爲法而有差別。有爲法是成家立業，入世的生存方法，無爲法是減法哲學，是出世的方法，看淡、看開、不計較、不求回報。《般若波羅密多心經》說，以無所得故，菩提薩埵。做人處事，不求回報，不貪利養，只求做對的事，就是菩薩了。」

「這我懂，我們教人家烹飪，變得很會料理的時候，不是宣傳說她們的廚藝是我教的。人是結緣，廚藝是借來用用的，大家相處愉快，共同分享經驗，有時教學相長，她們也會教我，和樂融融。我也是這樣做的啊！互相嘛，交流不藏私。」

「很好！所以很多人都在默默修行，不求利養。知道了又不教人分享，是吝法。正所謂，正其誼不謀其利，明其道不計其功。簡單的說，摒棄西方主流思想的功利主義。功利主義者，拔一毛以利天下，不為也。一切以自己利益優先。」

「對啊！奉獻、博愛就是無為法，你可以這麼去想。退步是向前，有捨才有得。」

「是啊！做人就是容易患得患失。其實自己吃點虧沒關係。」醫師娘有感而發。

「無所住而生其心，這句話是重點，做人做事一切憑初心、本心，也就是良知良能。人法兩忘，對人家好，忘了它，人家對你不好，也忘了它。所謂入廛垂手，庵中不見庵前物，水自茫茫花自紅。所以得道者，心中坦蕩蕩的，肚子空空的。因為所有相都是虛妄。」

「接著佛陀說菩薩發無上正等正覺的心後，於法不說斷滅相，也就是說眞正覺悟者，不會特別去擔心死後的事情，涅槃寂靜，寂滅爲樂，是斷、是滅度不是他們擔心的事。爲什麼這麼說呢？因爲佛陀說如來，不知、不談、無所從來、亦無所去。方生方死，方死方生，有來亦去，雖去亦來。所以不說斷滅相。」

「不是說死了，過身了，就去西方淨土嗎？怎麼是不知、不談呢？」

「人間亦有樂土，人間也有如地獄般的苦處，何況宇宙就有這麼多星球。我們小時候數天上的星星，多到數不盡。但是彼星球也是暫時存在，地球也一樣。西方淨土如涅槃是不可說的，無有涅槃佛，無有佛涅槃。」

「是啊！外太空或許有外星人，更高等的生物，或其它看不見的存在。眞的是不可說、不能說。」

「媽媽，既然無一法可說，又沒有我相、衆生相，又不能以三十二相見如來，那麼還有我嗎？」

「依據《金剛經》的說法，是無我，我空、法亦空。」醫生娘做了註解。

「很好喔！換言之，就是合其光，同其塵，法身眞我是光，報身是塵，如客塵一般。

學佛的精髓就是要悟證此二空，遠離生滅的二元想法。楞伽經言：若有若有無，是二悉俱離，牟尼寂靜觀，是則遠離生，是名爲不取，今世後世淨。」么兒多了補充。

「對的，因此爲人說法不取於相，寂靜是如如不動，就是無生法忍。忍又可以分爲，法忍與無生法忍。是第八不動地的修行。」教授做了重點補充。

「喔，有說法也是沒說，因爲不可說。若有說即著了現象界的相，是這樣嗎？」

「對啦，佛曰：不可說。有法亦非法，非非法，不可說，不說斷滅相。這個世界太陽系宇宙都是一合相，都是不可說的，例如平行宇宙，不是肉眼、科學可以解釋的。特別記住這句話，用出世的精神過入世的生活，色就是入世，空是出世。求生存是入世，求解脫煩惱是出世。競爭是入世，放下執著是出世。可說可分析的是入世，不可說是出世。平行宇宙就是入世與出世的交疊，不是神奇不可理喻之情境。現在由西方領導的是功利主義資本壟斷的社會，推銷一些對人性無用的產品擾亂清淨，離正道越來越遠，就像聖經中大財主的比喻，駱駝無法穿過針眼，因爲放不下入世的財富。那些是帶不走的。情感、青春都帶不走，都是迷戀。」

「謝謝！我很福氣有兩個兒子這麼用心說給我聽，我好像已經能接受了。這些道理很好，你們很會解釋。遠離生滅，聽起來就是隨著因緣，隨順自然。不強求，也不用擔心未來。應該遠離現象界生滅的表象，出世心如同回歸永恆的本體。」

「遠離生滅，不說斷滅相，就是隨順無礙。媽媽！小時候你講故事給我們聽，《格林童話》書還在嗎？」么兒問道。

「應該丟掉了，你們都長大了，所以那時候就丟了。」

「說法如筏喻者，用過即棄之，佛法也是這樣子，領悟後潛移默化，就成了。未來的事，華嚴經言，長風起波浪，各各不相知，隨生隨滅。我們已經長大了，所以《格林童話》也丟了。」

「最後我們來個結尾吧！結論是一個研究、實驗的重點，一場座談會，演講也一樣。爲人演說，不取於相，如如不動。」

「持經、讀誦、說法都是平常心，無分別心，八風不動，饒益衆生，不求利養。不要在乎別人的讚譽、批評。」

「爲什麼呢？因爲一切平常人說的是有爲法，有功利目的，有所爲而爲，它其實如夢幻泡影般，是執著於相的說法，終會成、住、壞、空。不若《金剛經》所言是無爲法，這兩者有很大的差別。一切有為法都像早晨的露水般，太陽一照就蒸發不見了。亦像閃電一般，一閃即逝，不能幫助我們究竟，我們應該如是體會，專心修金剛不壞的無為法。」

聽完這些道理，醫生娘闔上《金剛經》，很欣慰的莞爾，居然有能力可以完成，她從來沒有想過可以嘗試的事。

醫生娘露出燦爛的微笑，她享受孩子們的關心與分享。她覺得老了、病了，聽孩子們的就對了。女兒沒親近佛門，但兒子們的解經，加速了她的理解，雖沒有全懂，但知道重點，能夠用平常心、清淨心、歡喜心來看待自己的一生接納它、放下它、處理它，也沒什麼遺憾了。

每個人的命有好、有壞、有苦、有樂、有爭執、有嬉笑。光獨善其身，對得起良心還不夠，饒益衆生，廣結善緣，她一直都這麼奉行的，她覺得她做到了。有什麼不不愉快的，就放下執著，消業往生。一切如浮雲、流水、過眼雲煙。

內、外都平靜，都可以知足。想想五郎淡泊的人生，就算賺小錢花小錢也是很知足的，她也知足了。此時她更記住夫君對她的好也如金剛一般，堅硬不壞。

原來兒子說過佛經一段話，還眞的有道理。若人欲了知，三世一切佛，應觀法界性，一切唯心造。萬法唯識。我們的心攀緣太多的身外之物，被雜染法，染得不乾淨、不清靜，太多不必要的價值觀、本位主義、封建思想。

眞的心裡亂想，就像工畫師一樣，把花花世界描述得太繽紛，太神奇，結果呢？春夢一場。眞是個春夢了無痕。南柯大夢啊！人生在世所謂何事？庶幾無愧而已。那麼說來我們做到了無愧嗎？一輩子爲家庭付出，醫生娘是無怨無悔。

煩惱即菩提

生了病才知道人生是這麼回事，沒生病時都不會去思考這個問題。總是被親朋好友牽著走，那裡好玩、新奇，都是在攀外緣，現在看來都是身外之物。生命及身體健康最重要，然而心境、靈性的昇華又比健康重要。

年輕時醫生娘像工畫師一樣創造很多美好的事物，那是生命的燦爛，但也如煙火一般，只得點綴生命不致於太平淡。進入老年，人生的最末段就是回歸平淡，把心找回來，收攝我們的六根、六識。安住於平靜、平淡，如常的心。

雖有身體不適，也在不痛苦的時候轉念，感恩惜福，也有一種想要解脫的歡喜心，出世的心，不回紅塵打滾。不被情、仇、愛、恨壓迫。感覺像蝸牛脫去它的外殼，沒有其他重擔，功課做完了，一切交給兒孫吧！是走下人生舞台的時候，是感傷也是解脫。

「你阿婆老早就先準備好了，我們當時還不知道是這層意思。」醫生娘回想她母親，準備了壽衣壽鞋好幾年才用上，知命啊！她一直靜默地過日子。

「媽媽，這裡我寫了一些重點，是有關反璞歸眞的信、解、行的作法，給您參考，有空看一看。」么兒給了醫生娘一個小抄。

小抄寫的是八平心要點。安於平凡是知足，日子平淡是常樂，身體平安是無憂，心情平靜是無喜，接物平實是無懼，待人平等無分別，平常是道叫無爲，平庸無咎名無功。守此八平心法可以靜心自在，戒定慧，進入三無漏之法門，就是反璞歸眞。

「唉！Chibi眞有心，就是要我體會他對人生的看法，學習般若知足是吧！」

第十九章

鐘聲依舊，
功德圓滿

最後一個農曆年春節，全家大團圓，由兒子媳婦煮年夜飯。醫生娘難得不用自己下廚，只有兒子自告奮勇，敢在名廚前獻藝。其實醫生娘在台北待過一個月的時間，都是么兒做的菜，風味承襲醫生娘，有媽媽的味道。小兒子從小就被醫生娘訓練在廚房幫忙，包括採買、挑菜、打雜等等。

年初二女兒回娘家，聊了很多從前的話題，多半是懷念的往事，健康的話題都避而不談，也不談身後的事，其餘也不知道何時會面臨。當晚全家打麻將，大女兒是初學者，被要求陪打，充個數，四個人牌局很愉快，奇怪的事發生了。大女兒坐莊時竟然連胡帶自摸到連八莊。嚇呆了大家，直說是五郎的靈回來加持的，否則不會打牌，亂吃、亂碰的牌搭，怎麼會連八莊，實在是太神奇了。顯然有另一個平行世界的存在，只是無法與對方溝通而已。

醫生娘心情變得開心帶著微笑，一方面是她享受到天倫之樂，兒子煮飯給她吃，一方面女兒被天上的五郎加持連八莊，似乎在暗示她還有另一個世界，她不再那麼害怕。不會是沒方向的，不會如同孤魂野鬼一般。

✽

接著三月的掃墓，五月的母親節，兒子們都回家陪母親，也把《心經》詳細解釋，醫生娘跟得很快，已經進入佛門，沐浴於佛光普照中。

但是不久因肺積水、胸痛、呼吸困難，被兒子及女婿安排到東港安泰醫院住院，蘇院長及內科李主任都是么兒的舊同事，所以得到很多幫忙，只不過他們發現病情嚴重，建議送到高醫治療。醫生娘告訴他們不用費心了，她知道這種癌症沒有更好的治療方法，延長生命只會拖長痛苦的折磨。她準備好了，也平靜地接受命運。么兒跟醫生娘說，七月一日就回新埤再接她上來台北，讓兒孫盡孝道，整個暑假陪她。她點點頭，只要不做化療就可以。

那年是二十世紀末，全球正要迎接千禧年，醫學會活動很多，六月端午節正值歐洲血液年會開會，地點在西班牙的巴塞隆納，是歷史名城。么兒去了西班牙，所以端午節沒回屏東，醫生娘有點失望，但知道兒子要忙。

她那時有預感，剩下時間不多了，所以開始準備身後的事，遺產方面交由大女兒處理，她們一向互信互助，互有金錢往來，比較熟悉。貼身的值錢物品，也做個分配。她把平常戴的鑽戒，這是結婚二十五周年五郎送她的，她把它留給么兒，平常她做家事時會戴著，希望么兒跟她一樣會做菜，有廚神的加持。

最後一個月比較平靜，長效的嗎啡就可以緩解疼痛。加上自備氧氣，呼吸比較不急促。是標準的在家安寧，她不喜歡待在醫院裡，她說那樣像嬰兒被關，被限制在床上，又常常打針、抽血，沒有更舒服。她勉強可以進食，在家裡愛吃什麼都可以煮來吃。看護賴嫂是同村的人，很好溝通，也很細心。畢竟醫生娘在本村住了四十多年，大家都認識，知道醫生娘是好人。

她的好朋友麗子、貞姑都會過來陪她，另外她婆家的舅婆九十多歲了，也喜歡過來坐坐。她那時候常常看到有雲朵飄進後院的花園，飄得很低，她覺得好想出去坐在雲朵上。她問其它的人都說沒看到啊！是不是嗎啡服用多了產生幻覺。後來醫生娘不死心，又問女兒有沒有看到後院的花園有雲朵飄過來，女兒忙診所的事，虛應了一下，沒看清楚，可能是光線的關係吧！醫生娘看著她感覺到的雲，一點也不奇怪，也不害怕，就像一隻可愛的小狗過來搖尾巴，很想親近她的樣子，她想坐上去看看會怎麼樣，像是平行距離，看起來就在眼前，但又無法更接近。這種幻覺有五、六天，她的心情很平靜。看護提醒她六月三十日了。

「明天妳兒子不是說要回新埤接妳到台北嗎？怎麼沒打電話過來，妳要不要打一通電話問問，是不是他忙，忘了。」賴嫂很有責任的提醒，深怕她忘了似的，是很重要的事，她自忖著。

「不想了，不想上台北了，現在這樣很平靜、很好。剛才舅婆過來寒暄，她也說她老了，哪裡都不想去。我現在也是這樣啊！心裡空空的，腦袋鬆鬆的。天色也晚了，扶我到浴室洗個澡。」

「不吃飯再洗澡嗎？」比平常還早呢。

「先洗澡吧！現在還早，沒食慾。」

在浴室裡，洗了一半，醫生娘突然暈了過去，咳出一堆鮮血，看護馬上叫準備下班的女兒、女婿過來。

一陣忙亂後，發現醫生娘沒了呼吸、心跳，她辭世了，一切來得非常突然。沒有摔倒，看護解釋道，前一秒還在說話，後一秒就失去知覺了。

後來研判是腫瘤侵犯到肺動脈或靜脈，在洗澡時，姿勢變換下，加壓爆裂血管，因此瞬間結束生命。

醫生娘精彩又波折的一生，劃下了句點。經歷大時代包括二戰的烽火、戰亂及社會工業化，從大家庭到小家庭的轉變。而千禧年前最具代表的台灣本土醫療生態的轉變，從無醫村到全民健保，她參與了具代表性的偏鄉醫療，因爲她是令人難忘的醫生娘，這是她的故事，永遠活在想念她的鄉民中。

過世十五年後，她擔任內埔國小六年級導師教導過的學生鍾辛蘭老師，歷歷如繪的，記得鄭老師的往事。這也讓她成爲另一位國小老師，是醫生娘的終生粉絲，她感念醫生娘帶給念國民學校的她們，更多家政、美學及藝術的薰陶，是別處學不到的，她對醫生娘的家族歷史如數家珍。令人驚訝的是她後來是醫生娘么兒的病患，談到屏東家鄉事才彼此相認。一起緬懷這一段深刻烙印、夢迴思念的記憶。鐘聲依舊，師鐸典範在夙昔。音容不滅，只是凋零。

最終章

期待來生相會

醫生娘的親兄弟姐妹共有三男、五女。其中六位罹患癌症。長兄在醫生娘過世後不到兩年也得了肺腺癌，在日本東京治療，三年後過世，小妹也得肺腺癌，在美國洛杉磯治療無效後，回台灣落葉歸根，世壽與醫生娘相當七十五歲。醫師娘的婆婆先她兩年辭世，耆壽九十六，晚年婆媳相安。五郎醫生的爺爺享壽八十八歲。

大弟在醫生娘過世後五年也發現肺腺癌，是醫生娘的小兒子診斷的。因爲是第二期，迅速切除後，接受輔助化療，長期追蹤從此未再復發。以九十歲高齡在龜山的日照中心跌倒，硬腦膜下出血，返家未及時手術而仙逝。

大姐活到九十七歲，罹患胰臟癌，大妹在六十多歲時罹患胰臟壺腹癌。二姐八十八歲時選擇自我了結，么弟則是大腦退化性疾病。鄭老闆在新宿大兒子家泡澡時突發心肌梗塞，得年七十九歲。老闆娘，醫生娘的母親世壽八十八歲。

醫生娘大弟是最後離世的鄭家成員，他們一致認爲有醫生娘才有外甥，高明的醫術，讓他們父親多活十七年，也算家族抗癌中成功的代表。而鄭老板在豐田的百年三合院加上洋樓式的老房子也自行都更，改建爲大樓。鄭家的建築、有價值的古董以及三合院裝飾全部捐給客家文物館保存。

✻

仲夏的夜晚，皎潔的月光，撒在種植卡多麗亞蘭花的窗臺，醫生娘常誇蘭花養得很好，很美也有靈氣，它是四月的花。

一陣陣飄香的微風，是屏東含笑花的香氣，么兒夢到一個意境，是灑著藍光的夜，醫生娘穿著她喜愛的寶藍色斗篷式寬鬆薄衫飄了過來，那藍光是非常耀眼到睜不太開眼睛的亮光。她從八角形窗牖式的門或是窗，飄飛了過來。

「媽媽！妳來了，妳好嗎？好想妳。」么兒看著微笑又沉默的醫生娘飄了過來喜極而泣，往前擁抱……瞬間消失得無影無蹤，杳然全無覓處。「媽媽！媽媽……」忍不住的淚水滿襟。

是夢、是幻、是虛擬實境？醫生娘的意思是？人有來生，另有祕境吧！期待來生相會的緣。

致謝

誠摯感謝北藝大鍾明德教授、清華大學歷史系李毓中副教授、輔仁大學關家莉副教授之審稿與建議，也感謝高中同學呂天泰組長審閱與撰寫推薦序。謝謝張曉瑋小姐和鄭佳欣小姐的手稿整理。以及醫藥界的同業，和鼓勵我寫作的病友與家屬。宗親長輩之審閱，以及家人的支持一併致謝。

全文完。

菊子：客家庄的醫生娘

作　者—張明志
主　編—林菁菁
企　劃—謝儀方
封面設計—楊珮琪、林采薇
內頁設計—李宜芝

第五編輯部總監—梁芳春
董 事 長—趙政岷
出 版 者—時報文化出版企業股份有限公司
108019 台北市和平西路三段 240 號 3 樓
發行專線—(02)2306-6842
讀者服務專線—0800-231-705・(02)2304-7103
讀者服務傳眞—(02)2304-6858
郵撥—19344724 時報文化出版公司
信箱—10899 臺北華江橋郵局第 99 信箱

時報悅讀網—http://www.readingtimes.com.tw
法律顧問—理律法律事務所 陳長文律師、李念祖律師
印　刷—勁達印刷有限公司
初版一刷—二〇二二年十二月九日
初版二刷—二〇二三年一月四日
定　價—新臺幣三六〇元
（缺頁或破損的書，請寄回更換）

時報文化出版公司成立於一九七五年，
並於一九九九年股票上櫃公開發行，於二〇〇八年脫離中時集團非屬旺中，
以「尊重智慧與創意的文化事業」爲信念。

菊子：客家庄的醫生娘 / 張明志著 . -- 初版 . -- 臺北市：時報文化出版企業股份有限公司 , 2022.12

面；　公分

ISBN 978-626-353-120-8(平裝)

863.57　　　111017511

ISBN 978-626-353-120-8
Printed in Taiwan